„Und wieder wird es Tag“
© 2004 SPIELBERG VERLAG, Regensburg
Umschlaggestaltung: Spielberg Verlag

Printed in Germany

ISBN 3-9809605-0-1

Petra Pernpeintner

Und wieder...
wird es Tag

SPIELBERG VERLAG ©

2. April 1995 - ein Tag, der unser bis dahin normales Leben auf eine tragische Weise veränderte. Seitdem ist nichts mehr normal, nichts mehr ist wie es war und es wird auch nie mehr so sein. Das liegt nicht daran, dass wir die Hoffnung aufgegeben haben, denn das wäre so, als wenn man sich selbst aufgeben würde, und wer sich selbst aufgibt hat schon verloren. Es liegt daran, dass es im Leben Situationen gibt, die Menschen für immer prägen.

Der 2. April 1995 war ein Sonntag. Unserem vierjährigen Sohn Tobias ging es an diesem Tag nicht gut. Er wollte nichts essen, nichts trinken, lag nur auf der Couch im Wohnzimmer und wirkte fast apathisch. Doch was sollten wir tun am Wochenende? Das Beste wäre in die Kinderklinik zu fahren. Doch dort ist Tobias erst zwei Tage vorher entlassen worden. Er hatte eine schwere Magen - Darm Infektion, den so genannten Rotavirus. Davon erholte er sich während seines einwöchigen Klinikaufenthalts relativ gut. Aber zwei Tage vor unserer Entlassung - wir waren als Begleitperson abwechselnd Tag und Nacht bei unserem Sohn - bekam Tobias Fieber und starken Husten. Die zuständige Ärztin vermutete Keuchhusten oder Lungenentzündung. Es wurde eine Blutuntersuchung vorgenommen, bei der festgestellt wurde, dass Tobias Keuchhusten hatte. Man erklärte uns, dass dies kein Grund sei in der Kinderklinik bleiben zu müssen, da Fieber bei Keuchhusten nichts Ungewöhnliches sei. Wir waren erleichtert und zugleich beunruhigt, weil es Tobias zusehends schlechter ging. Jeder führte es jedoch darauf zurück, dass sein Körper durch die Magen - Darm Infektion geschwächt war, dass der Keuchhusten durch sein angeborenes leichtes Asthma nicht gerade einfach war und dass ihm sein Zuhause fehlte, wo die Nächte nicht so unruhig wie in der Kinderklinik sind. Also, was sollten wir da?

Wir verbrachten einen Grossteil des Nachmittags mit Tobias und seinem dreijährigen Bruder Daniel im Garten an der frischen Luft. Doch es fiel uns immer schwerer zuzusehen, wie unser sonst so lebenslustiges Kind wie ein Häufchen Elend da saß. Da fassten wir den Entschluss am nächsten Morgen zum Kinderarzt zu fahren. Die Meinung eines zweiten Arztes ist vielleicht nicht verkehrt. Doch dazu sollte es nicht mehr kommen.

Nach einem lustlosen Abendessen brachten wir Tobias und Daniel gegen 19.00 Uhr zu Bett. Die

Kinder waren bereits eingeschlafen, als Franz und ich uns ins Wohnzimmer setzten. Wir hatten Mühe uns auf irgendetwas zu konzentrieren, denn die Aufregungen der letzten Tage und die Anspannung wegen Tobias' Gesundheitszustandes waren doch etwas viel. Trotzdem versuchten wir zu genießen, „alle vier" wieder zu Hause zu sein. Schließlich ist es der erste Klinikaufenthalt von einem unserer Kinder gewesen. Und dieser erste Klinikaufenthalt - im Nachhinein - war der erste von vielen. Noch heute erscheint mir makaber, wenn ich daran denke, welch bittere Wahrheit aus einer Überraschung, kombiniert mit einem Scherz, wurde. Denn als endgültig feststand, dass Tobias trotz seines schlechten Zustandes entlassen werden sollte, rief ich meine Schwägerin Greta an, die uns im Laufe des Vormittags abholte.

Franz wusste nichts davon. Er war total überrascht als er von der Arbeit heimkam und alle waren wieder da. „Wir sind nur zu Besuch" scherzte ich. Wie gesagt, es sollte bittere Wahrheit werden. Wir saßen also im Wohnzimmer und horchten auf jedes Geräusch aus Tobias' Kinderzimmer. Denn gerade im Liegen waren seine Hustenanfälle furchterregend. Abwechselnd rannte einer von uns los, um ihn zu beruhigen.

Es war so gegen 20.30 Uhr als Tobias wieder anfing zu husten. Franz war bereits im Kinderzimmer, als es plötzlich still wurde - totenstill!

„Da stimmt doch etwas nicht“, überlegte ich und stand auf um nachzusehen. Im selben Moment hörte ich Franz’ aufgeregte Stimme:

„Petra, ruf den Notarzt, Tobias atmet nicht mehr!“

„Was erzählt er da, das kann doch nicht sein,“ so in etwa dachte ich, als ich Tobias’ Zimmer betrat. Ich sah sein Gesicht, das bereits blau angelaufen war und seinen Papi, der sich über ihn beugte und verzweifelt Mund zu Mund Beatmung versuchte. Nun begriff ich was los war – nein, irgendwie begriff ich es nicht, ich wusste nur, dass ich den Notarzt verständigen musste. Ich rannte zum Telefon und drückte 19222. Doch ich brachte einfach keine Verbindung zustande. In meiner Panik lief ich ins Erdgeschoss, zur Wohnung meiner Schwiegereltern, und hämmerte an die Wohnungstür. Nach scheinbar einer Ewigkeit öffnete meine Schwiegermutter die Tür.

„Tobias bekommt keine Luft mehr, unser Telefon funktioniert nicht“, schrie ich und stürzte an einer „fassungslosen Oma“ vorbei zum Telefon. Ich drückte erneut 19222. Doch es klappte wieder nicht. Warum, weiß ich bis heute nicht. Ich weiß nur - aus späteren Erzählungen - dass ich das Telefon hingeworfen habe, mit den Worten „das funktioniert auch nicht“ und wieder hinauf zu unserer Wohnung lief.

„Was soll ich machen, - was soll ich machen, - was soll ich machen", ging mir ständig durch den Kopf. Uns m u s s doch jemand helfen! Plötzlich hatte ich eine Idee!

„Ich rufe unseren Hausarzt an! Vielleicht hat dieser zufällig Wochenenddienst!"

Ich rannte zum Telefon und tippte die mir bekannte Telefonnummer ein. Und tatsächlich meldete sich eine bekannte Stimme.

„Tobias bekommt keine Luft mehr", brüllte ich ins Telefon. Es dauerte eine Weile, bis ich halbwegs vernünftig Namen, Adresse und den Ernst der Lage erklärt hatte. Noch während unseres Gesprächs rief Franz aus dem Kinderzimmer:

„Tobias atmet wieder!" „Tobias atmet wieder", wiederholte ich fast mechanisch.

Unser Hausarzt versprach trotzdem sofort zu kommen. Nachdem ich aufgelegt hatte, lief ich ins Kinderzimmer und war gerade dabei Franz zu erklären, dass der Hausarzt unterwegs sei, als uns auffiel, dass Tobias ganz komische Bewegungen machte. Er winkelte die Arme und Beine an und war total verkrampft. Wir wussten nicht, was da passierte und wussten auch nicht, wie wir darauf reagieren sollten. Erst später erfuhren wir, dass dies die ersten Anfälle waren. „Hoffentlich kommt der Hausarzt bald!" Wir waren fix und fertig! Tobias lag irgendwie verkrümmt auf seinem Bett, es war bereits eine Viertelstunde vergangen, - eine Viertelstunde kann so wahnsinnig lang sein - aber der Hausarzt war noch nicht da. „Wo bleibt er denn?“ fragten wir uns mittlerweile jede Minute. Dann wollten und konnten wir nicht mehr warten.

Wir beschlossen selbst in die Kinderklinik zu fahren und wickelten Tobias in eine Decke. Wir saßen gerade im Auto, als der Hausarzt in unsere Einfahrt einbog. Er überredete uns wieder in die Wohnung zu gehen. Ab diesem Moment bekam ich nicht mehr soviel mit. Ich erinnere mich noch daran, dass er per Handy selbst den Rettungsdienst verständigte und mich anschließend zur Hauptstrasse hinunterschickte, um Notarzt und Sanitäter den Weg zu weisen. Meine Schwiegermutter begleitete mich.

Nach nervenaufreibenden 20 Minuten trafen sie endlich ein. Dann war es wie im Film. Notarzt und Sanitäter sprangen aus dem Auto, holten im Laufschritt Koffer und Trage und liefen mit einem kurzen „wohin?“ - ich deutete nach oben - hinauf in die Wohnung. Ich folgte ihnen, aber in Tobias’ Kinderzimmer angekommen, schickte man mich hinaus. Manchmal frage ich mich, warum ich hinausgegangen bin, das wollte ich doch gar nicht. Ich wollte doch bei meinem Kind bleiben! - Wenigstens war sein Papi bei ihm!

Mittlerweile wurde auch unser jüngster Sohn Daniel wach. Er kam aus seinem Zimmer und fing an zu weinen. Natürlich begriff er mit seinen drei Jahren nicht was da vor sich ging. Er stand total verloren da, aber ich war nicht in der Lage irgendetwas zu tun. Noch Jahre später konnte ich mir nicht verzeihen, dass ich ihn nicht in die Arme genommen und getröstet hatte. Wenn man es entschuldigen kann, dann vielleicht nur damit, dass ich selbst unter Schock gestanden habe. Gott sei Dank hatte meine Schwiegermutter die Situation erfasst. Sie brachte Daniel hinunter in ihre Wohnung zu seinem Opa und legte ihn zu Opa ins Bett.

Zwischenzeitlich wollte ich nach Tobias sehen. Doch wie schon zuvor, schickte man mich wieder hinaus. Es lag daran, dass ich viel zu aufgeregt war und eigentlich nur störte. Jetzt ging es in erster Linie um Tobias, und auch ein Laie konnte erkennen dass höchste Eile geboten war. Ich registrierte die Hektik, hörte etwas von intubieren und verstand trotzdem soviel wie gar nichts.

Es war bereits 22.00 Uhr als Notarzt und Sanitäter nach schier endlosem Warten endlich aus Tobias' Zimmer kamen und ihn auf der Trage nach unten in den Rettungswagen brachten. Für Franz und mich war es selbstverständlich, dass wir unseren Sohn begleiten würden. Aber wir durften es nicht. „Kommen Sie später nach, jetzt können Sie sowieso nichts für Ihren Sohn tun. Er wird jetzt gründlich untersucht und erst dann kann man Ihnen Genaueres sagen." Das klang und war auch logisch, doch wer denkt und handelt in einer solchen Lage logisch, normal oder gar vernünftig? Da standen wir also mit hängenden Schultern und mussten zusehen wie Tobias ohne seiner Mami und ohne seinen Papi in die Kinderklinik gebracht wurde.

Nachdem ich mit meiner Schwiegermutter vereinbart hatte, dass Daniel auch den Rest der Nacht bei ihnen verbringen sollte, gab es für uns kein Halten mehr. Doch plötzlich hatte ich trotzdem Bedenken:
„Franz, wer soll in unserem Zustand Autofahren? Da kann so leicht etwas passieren!“

„Das schaffe ich schon, ich passe schon auf“, erwiderte Franz. So fuhren wir los und kamen auch heil in der Kinderklinik an. I c h hätte keinen Meter geschafft und eigentlich war es auch ziemlich leichtsinnig, aber wie gesagt, wer denkt und handelt in einer solchen Lage logisch, normal oder gar vernünftig? Wir klingelten am bereits verschlossenen Haupteingang und eilten zur Anmeldung.

„Unser Sohn Tobias Pernpeintner wurde eben mit den Rettungswagen eingeliefert. Wo finden wir ihn?“
Nach einem kurzen Blick in den Computer, erklärte man uns den Weg zur Intensivstation. Dort angekommen, standen wir wieder vor verschlossener Tür. Wir klingelten und eine Schwester in blauem Kittel öffnete einen Spalt.

„Pernpeintner, wir wollen zu unserem Kind, wie geht es ihm?“ So in etwa haben wir uns vorgestellt.

Wir konnten unsere Aufregung kaum verbergen, aber die Schwester hatte Verständnis. Sie bat uns hier draußen zu warten, sie werde fragen und dann sofort wiederkommen. Gesagt – getan, und die Tür fiel hinter ihr ins Schloss. Es dauerte tatsächlich nicht lange und die Schwester kam zurück.

„Tobias wird von der Dienst habenden Ärztin noch versorgt, aber sie wird, so bald es möglich ist, für ein aufklärendes Gespräch zur Verfügung stehen.“

Nochmals bat sie uns hier draußen zu warten. Da standen wir also wieder und warteten. Ich weiß nicht mehr wie lange, waren es Minuten, Stunden oder Tage? Für uns war es jedenfalls eine Ewigkeit.

Warum nimmt das Warten heute kein Ende? Wir haben heute schon so viel gewartet, auf den Hausarzt, auf den Notarzt und jetzt auf die Dienst habende Ärztin, die uns endlich sagen soll, dass es Tobias gut geht. Franz und ich gingen ruhelos hin und her, jeder hing seinen Gedanken nach, wir waren unfähig über irgendetwas zu sprechen. Man sagt so leicht dahin, man ist sprachlos, aber das gibt es wirklich. Es war wie eine Erlösung, als sich endlich die Tür öffnete und eine Frau herauskam. Sie ging auf uns zu mit den Worten:

„Sind Sie Herr und Frau Pernpeintner?“

Wir nickten, worauf sie sich als Dienst habende Ärztin vorstellte.

„Vielleicht könnten wir uns setzen," meinte sie und deutete auf eine kleine Sitzgruppe.

Mehr widerwillig setzten wir uns. Es ist sehr schwer ruhig dazusitzen, wenn man innerlich so aufgewühlt ist. Mit sehr ernster Stimme begann die Ärztin über Tobias' Krankheitsbild zu berichten:

„Der Zustand Ihres Sohnes ist sehr kritisch, wir müssen die nächsten Stunden abwarten. Wir haben Tobias ins künstliche Koma gelegt, weil er ans Beatmungsgerät angeschlossen werden musste. Er hat eine schwere Lungenentzündung, dazu kommen der Keuchhusten und sein Asthma. Das bedeutet, dass er zwar genügend Luft zum Überleben hatte, aber sein Gehirn bekam zu wenig Sauerstoff. Dadurch sind etliche Gehirnzellen abgestorben. Welche Folgen das haben wird, ist jetzt noch nicht absehbar." Ich weiß nicht mehr, was wir davon überhaupt realisiert haben, uns war wichtig, dass Tobias lebt.

„Können wir unser Kind sehen?" „Natürlich, bitte kommen Sie mit."

Das erste Mal in unserem Leben betraten wir eine Intensivstation. Gleich beim Eingang mussten wir unsere Schuhe ausziehen. Wir bekamen sterile Schuhe, einen sterilen grünen Kittel zum darüber ziehen und ein steriles grünes Häubchen zum aufsetzen. Ich habe mich noch nie so unwohl gefühlt. Das war alles so steril, so kalt, so unwirklich! Anschließend mussten wir noch durch eine Schleuse gehen und uns mit einem sterilen Mittel die Hände waschen. Dann betraten wir den Intensivraum. Unser Sohn lag gleich im ersten Bett. Er war umgeben von Schläuchen und Apparaten. Niemals werde ich diesen Anblick vergessen! Er wirkte so leblos, so hilflos, dieser Anblick war kaum zu ertragen. Wir setzten uns zu Tobias ans Bett. „Vielleicht spürte er wenigstens, dass wir bei ihm waren."

„Hallo Tobias, Mami und Papi sind da!"
Es war klar, dass unser Kind nicht darauf reagieren würde, aber wenn man erst damit konfrontiert ist, erscheint einem das noch viel schlimmer.

In dieser Nacht habe ich Franz das erste mal weinen sehen. Wir haben beide geweint, vor Schreck, vor Sorge, vor Verzweiflung. Wir würden Tobias nicht mit nach Hause nehmen können und wir würden auch nicht bei ihm bleiben können, das war uns bewusst. Die Dienst habende Ärztin empfahl uns heimzufahren und am nächsten Morgen wiederzukommen. So verabschiedeten wir uns schweren Herzens.

Auf dem Heimweg fuhr Franz noch in die Apotheke um ein Beruhigungsmittel für mich zu holen. Das Rezept dafür hatte ihm unser Hausarzt gegeben.

Ich habe das Mittel aber nicht eingenommen, denn ich konnte und wollte mich nicht beruhigen, geschweige denn schlafen. Man kann sich doch nicht beruhigen oder gar schlafen, wenn man weiß, dass sein eigenes Kind schwerkrank, ja todkrank, auf der Intensivstation liegt. Nein, an Schlaf dachte keiner von uns beiden. So beschlossen wir noch zu meiner Zwillingsschwester Jutta und deren Mann Fritz zu fahren. Diese hatte ich vorher von zu Hause aus angerufen und kurz darüber informiert, dass der Notarzt bei Tobias ist. Sicher machten sie sich große Sorgen. Deshalb habe ich auch sonst niemanden angerufen, denn es bringt ja nichts, wenn ich die ganze Verwandtschaft informiere und keiner kann mehr schlafen. Und helfen kann uns momentan sowieso keiner.

Mittlerweile war es ungefähr 1.00 Uhr nachts als wir bei meiner Schwester und meinem Schwager ankamen. Sie hatten schon auf uns oder einen Anruf von uns gewartet. Jutta war fast so aufgeregt und angespannt wie wir und wollte alles auf einmal wissen.

„Was ist los? Wie geht es Tobias? Wird er wieder gesund?“

So viele Fragen die wir eigentlich selbst kaum beantworten konnten. Trotzdem war es gut über das soeben Erlebte, eigentlich Unfassbare, sprechen zu können. Franz und ich berichteten den Ablauf dieses tragischen Abends und über das Gespräch mit der Ärztin. Wir redeten die halbe Nacht, und rauchten eine Zigarette nach der anderen. Zum Glück hatte ich mit meinen Schwiegereltern ausgemacht, dass Daniel die Nacht bei ihnen verbringt, so hatten wir es nicht eilig. Was sollten wir zu Hause? Da waren doch nur zwei leere Kinderzimmer. Doch aufgeschoben ist nicht aufgehoben, irgendwann mussten wir nach Hause fahren. Nach stundenlangem Warum und Wieso fuhren wir um 3.30 Uhr heim.

Niemals werde ich diesen nächsten Morgen vergessen! Ich wurde wach und dachte mir: „Was hatte ich heute für einen furchtbaren Traum! Ich habe geträumt, dass Tobias vom Notarzt in die Kinderklinik gebracht wurde und dass er schwer krank auf der Intensivstation liegt. Alpträume sind was Grauenhaftes!“ Doch je wacher ich wurde, desto mehr wurde mir bewusst, dass es gar kein Traum war, dass dies alles wirklich passiert ist!

„Lieber Gott, bitte lass mich wieder einschlafen und einen anderen Traum träumen!“

Aber ich konnte nicht mehr einschlafen und ich glaube, es gibt kein schlimmeres Gefühl als nach und nach von der Wirklichkeit eingeholt zu werden. Dieses Gefühl hat mich monatelang verfolgt. Das war so schlimm, dass ich abends nicht einschlafen wollte, um morgens nicht aufwachen zu müssen und festzustellen, dass ich das alles n i c h t geträumt habe. Das ist auch der Grund warum ich mein Buch » Und wieder wird es Tag « genannt habe.

Jeden Morgen auf das Neue begreifen zu müssen wie grausam die Wirklichkeit sein kann, ist fast unerträglich. Ich weiß nicht, ob ich es verständlich erklären kann, aber egal wie schlimm man manches erlebt, aber man erlebt es meistens nur einmal, z. B. Tobias' Atemstillstand, das Warten auf den Notarzt, das ernste Gespräch mit der Dienst habenden Ärztin u. s. w. Doch dieses Aufwachen und dieses langsame Begreifen müssen wiederholte sich täglich.

Es ist mir sehr schwer gefallen, dieses Buch zu schreiben. Es werden so viele Erinnerungen wach, es kommen so viele Emotionen hoch, dass ich teilweise denke es wäre gestern erst gewesen. Natürlich kann man solche Erlebnisse nicht einfach vergessen, aber man kann sie verdrängen.

Wenn mich jetzt jemand fragen würde, warum ich dieses Buch dann schreibe, wenn es mir so schwer fällt, müsste ich sagen:

„Ich weiß es nicht, ich mache es einfach!“

So standen wir also am ersten Morgen „danach“ auf und wenn man es irgendwie formulieren kann, würde ich sagen, dass wir einfach nur funktionierten, fast wie Roboter, es ging alles automatisch. Franz hatte sich telefonisch in der Arbeit auf unbestimmte Zeit krank gemeldet und so fuhren wir mit mehr oder weniger gemischten Gefühlen in die Kinderklinik. Da war einerseits die Freude unser Kind wieder zusehen, aber anderseits die Angst wie wir ihn vorfinden werden.

An der Intensivstation angekommen, wiederholte sich das Ritual vom Vortag. Wieder mussten wir unsere Schuhe ausziehen und sterile Schuhe anziehen, sterile Kittel darüber ziehen, sterile Häubchen aufsetzen und in der Schleuse mit einem sterilen Mittel die Hände waschen.

Es ist unbeschreiblich wie angespannt man den Intensivraum betritt. „Was erwartet uns?“ - Diese Frage stellten wir uns von diesem Tag an immer aufs Neue. Diese Angst, etwas Negatives zu erfahren, ist fast nicht in Worte zu fassen. Wir gingen zu Tobias ans Bett, er lag immer noch so leblos und hilflos da wie in der vergangenen Nacht, umgeben von Schläuchen und Apparaten. An solch einen Anblick muss man sich erst gewöhnen. - Aber kann man sich daran gewöhnen?

Eine Schwester kümmerte sich gerade um unseren Sohn. Sie überprüfte sämtliche Messgeräte an die Tobias angeschlossen war und spritzte Medikamente.

„Wie geht es ihm?“

Eigentlich hätten Franz und ich uns diese Frage sparen können, wir sahen selbst, dass sein Zustand unverändert war. „Die Ärztin kommt später noch vorbei und wird sie über alles informieren“, erklärte uns die Schwester. Sie bot uns zwei Stühle an und wir setzten uns, einer auf die rechte und einer auf die linke Seite von Tobias’ Bett. Unentwegt streichelten wir unseren Jungen.

„Hallo Tobias, Mami und Papi sind wieder da!“

„Sprechen Sie soviel wie möglich mit Ihrem Sohn, es ist gut, wenn er Ihre Stimmen hört“, meinte die Schwester.

Wir erzählten von seinem Brüderlein Daniel, dass er daheim bei Oma und Opa ist und darauf wartet, dass sie wieder zusammen spielen können. Unsere Kinder haben sich von klein auf meistens gut verstanden. Selten gab es Streitigkeiten. Vielleicht hätte sich das im Laufe der Jahre geändert, aber bis dahin jedenfalls haben sie alles zusammen gemacht.

Keiner ist ohne den anderen zum Sandkasten gegangen und wenn wirklich einer mal keine Lust hatte, wollte der andere plötzlich auch nicht mehr. Sehr gut erinnere ich mich noch an eine rührende Begebenheit kurz vor Tobias’ Erkrankung: Ich beschloss mit den Kindern mittags etwas zu schlafen, weil wir abends eingeladen waren.

Im Halbschlaf bemerkte ich, dass die Kinder wach wurden und sich leise davonschlichen. Ich verhielt mich ruhig um zu sehen was passiert. Ich hörte wie Daniel zu Tobias sagte:

„Ich habe soviel Durst."

„Lassen wir Mami schlafen, ich hole dir etwas", erwiderte sein großer Bruder. An den Geräuschen erkannte ich, dass er eine Flasche Limonade holte und versuchte, diese mit dem Flaschenöffner zu öffnen. Aber es klappte nicht. Gerade wollte ich ihnen zu Hilfe kommen, als Tobias seinen kleinen Bruder tröstete: „Gleich bekommst du etwas zu trinken." „Da bin ich mal gespannt, wie du das machst", dachte ich mir und rührte mich nicht. Er ging wieder zurück und brachte eine Tetrapackung Orangensaft. Mit der Schere schnitt er die Ecke ab und schüttete den Orangensaft in ein Glas. Was für ein guter und gescheiter Junge! - Ich war richtig stolz auf ihn.

Tobias 1 Jahr

Tobias 2 Jahre

Nun saßen wir da an seinem Bett und er war nicht mal mehr in der Lage selbstständig zu atmen.

„Tobias, hörst du uns? Daniel wartet auf dich!“
Ich weiß nicht mehr was wir alles erzählt haben, aber wir haben geredet und geredet. Es war so deprimierend und man fragt sich: Gibt es Schlimmeres als sein eigenes Kind so zu sehen? Ja, das gibt es! Wir wussten es von diesem Moment an, als die Ärztin kam und uns über den neuesten Stand informierte.

„Der Zustand Ihres Sohnes ist nach wie vor sehr kritisch. Es ist nicht auszuschließen, dass Tobias eine Entzündung im Gehirn hat. Außerdem wurde ein EEG erstellt, das ist eine Untersuchung bei der die Gehirnströme gemessen werden. Bei dieser Untersuchung wurde festgestellt, dass Tobias' Gehirnströme deutlich verlangsamt sind!"

„Ja und was bedeutet das, was wollen Sie damit sagen?", fragten wir voller Angst. Geduldig antwortete sie: „Die Folgen sind momentan noch nicht absehbar, wir müssen abwarten."

„Ja und was kann denn das zum Beispiel sein?" Franz und ich waren fix und fertig. Wir hatten keine Ahnung was auf uns zukommen würde, aber es hörte sich nicht gut an.

„Darauf kann Ihnen niemand eine Antwort geben, wie gesagt, wir müssen abwarten", wiederholte die Ärztin.

Warten, warten, warten - wir haben doch gestern erst soviel gewartet, auf den Hausarzt, auf den Notarzt und auf die Dienst habende Ärztin. Wir brauchen doch nur jemanden der zu uns sagt:

„Kopf hoch, das wird schon wieder" oder „es ist nicht so schlimm wie es aussieht" oder einfach nur: „Tobias wird wieder gesund!"

Gegen Mittag fuhren wir wieder nach Hause. Daniel erwartete uns bereits voller Freude. Mami und Papi sind da - das ist nun mal der Lebensinhalt eines dreijährigen Kindes. Man kann einem Kind in diesem Alter die Tragweite eines solchen Geschehens nicht vermitteln und selbst wenn man es könnte, wäre dies sicher nicht gut. Vor allen Dingen, wie kann ich jemanden etwas begreiflich machen, was ich selbst nicht verstehe? Und wie kann jemand verstehen, dass gestern die Welt noch in Ordnung war, zumindest so halbwegs, und heute wissen wir nicht mal mehr, wie es weitergehen wird?

Es kostete uns viel Kraft und Nerven uns Daniel gegenüber einigermaßen n o r m a l zu verhalten. Er verstand nicht warum sein großer Bruder auf einmal nicht mehr da war. Aber noch weniger verstand er, warum er nicht mitfahren konnte, wenn wir Tobias besuchten. Vielleicht, wenn ich darauf bestanden hätte, wäre es möglich gewesen, Daniel auf die Intensivstation mitzunehmen, dennoch glaube ich auch im Nachhinein nicht, dass dies für ihn gut gewesen wäre.

Ich war nicht fähig mittags wenigstens eine Kleinigkeit auf den Tisch zu bringen. Deshalb übernahm Franz diese Aufgabe.

„Wir müssen etwas essen, Tobias braucht uns doch! Wir können ihm nicht helfen, wenn w i r zusammenklappen!“

So in dieser Richtung versuchte er mir klarzumachen, dass wir fit bleiben müssen, auch unserem Daniel zuliebe. Er hatte ja Recht. Aber es ist trotzdem leichter gesagt als getan. Franz ließ sich nicht beirren und k o c h t e Wiener Würstchen für uns alle. Ich weiß noch ganz genau, dass ich mich mit einem halben Würstchen furchtbar quälte. Bei jedem Bissen dachte ich, „jetzt kommt’s gleich wieder.“

Aber ich aß Franz zuliebe, weil er sich so liebevoll um uns kümmerte, obwohl es ihm auch nicht gut ging.

Auf einmal war ich total erschöpft und müde. „Ich muss mich jetzt ein bisschen hinlegen,“ sagte ich zu Franz. Gut, dass Daniel auch ab und zu mittags noch schläft. Ich kuschelte mich mit ihm auf die Couch im Wohnzimmer und wir schliefen beide ein. Als ich aufwachte, ging es mir noch schlechter als vorher, ich fühlte mich richtig mies. Ich quälte mich mit Vorwürfen. Wieso kann ich schlafen, wenn unser Sohn todkrank ist, schwirrte es mir ständig durch den Kopf.

Am Nachmittag fuhren wir wieder in die Kinderklinik. Daniel ließen wir bei Oma und Opa daheim. Es war alles wie gehabt. Wir setzten uns zu Tobias ans Bett und streichelten ihn und sprachen mit ihm. Im Laufe des Nachmittags kam ein Arzt auf uns zu:

„Wir sollten mit Ihrem Jungen eine Kernspintomografie des Kopfes durchführen. Das sind einzelne Schichtaufnahmen, mit denen man eventuelle Veränderungen des Gehirns feststellen kann. Dies würde uns auch mehr Aufschluss über Tobias' Erkrankung geben. Die Untersuchung wäre für morgen geplant. Dazu brauchen wir aber Ihr schriftliches Einverständnis.“

Was soll man dazu sagen? Wie soll man als Laie wissen was richtig oder falsch, was gut oder schlecht ist? Im Grunde bleibt einem ja nichts anderes übrig als sich auf die Ärzte zu verlassen. Franz und ich stimmten also zu.

Irgendwie konnten wir den nächsten Tag kaum erwarten. Was würde er uns bringen? Würde das Ergebnis positiv oder negativ sein? Noch nervöser als am Vortag betraten wir die Intensivstation. Wir waren auf alles gefasst, nur nicht auf das, was wir im Endeffekt erfahren sollten. Der Arzt erklärte es uns so:

„Wir haben keine Veränderungen im Gehirn feststellen können. Leider gibt es aber bestimmte Veränderungen des Gehirns, die sich erst nach ein bis zwei Wochen feststellen lassen. Deshalb wäre es ratsam, die Kernspintomografie nach diesem Zeitraum zu wiederholen." Das hieß im Klartext, dass wir nun genau so schlau waren wie vorher.

Tobias, Tobias, Tobias! Unsere Gedanken kreisten nur um ihn. Wann lassen sie dich wieder wach werden? Wann können wir wieder mit dir sprechen? Wann darfst du wieder nach Hause? So viele Fragen und keiner wusste eine Antwort. Wir wussten nur, dass Tobias immer noch bewegungslos im Bett lag. Wir achteten auf jede Regung, aber eigentlich hörten wir nur das Piepsen der Apparate. Das klang so monoton einerseits, aber anderseits erschraken wir jedes Mal furchtbar, wenn einer der Apparate Alarm schlug. Und das passierte oft.

„Ich halte das nicht aus, wie lange soll das so weitergehen?“ fragte ich meinen Mann.

„Ab morgen fahre ich vormittags alleine und nachmittags fahren wir gemeinsam in die Klinik. Das ist auch besser für Daniel, dann ist wenigstens einer von uns ein paar Stunden für i h n da,“ antwortete Franz.

Das war eine gute Idee! So fuhr Franz am nächsten Morgen alleine los. Doch mir ging es trotzdem nicht besser. Jetzt plagte mich die Ungewissheit. Was ist los? Gibt es endlich eine positive Nachricht, ist es gleich geblieben oder gar schlimmer geworden? Ich verbrachte den Vormittag zwischen Hoffen und Bangen. Ich weiß nicht, ob es unserem Jüngsten viel gebracht hat, ich war halt einfach nur da. Außerdem fiel es mir sehr schwer mit Daniel's kindlicher Ungezwungenheit umzugehen. Doch irgendwie ging es schon, man glaubt gar nicht was man alles schaffen kann, wenn man muss!

„Keine Neuigkeiten und keine besonderen Vorkommnisse“, berichtete Franz als er mittags nach Hause kam. Na ja, das hat auch seine Vorteile, wenigstens gab es nichts Aufregendes oder Nachteiliges! Am Nachmittag fuhren Franz und ich zusammen, wie abgesprochen, in die Kinderklinik. Da wünschte ich mir plötzlich Tobias im Arm zu halten, trotz all den Schläuchen und Apparaten. Dieser Gedanke ließ mich nicht mehr los.

„Bitte, kann ich mein Kind' mal kurz in die Arme nehmen", fragte ich die Schwester.
Ich wollte ihn einfach nur bei mir spüren.

„Natürlich", antwortete sie, „das kriegen wir schon hin!"

Ich setzte mich auf einen Stuhl und die Schwester legte mir ein bewegungsloses Bündel Mensch in den Arm, das einmal ein lebenslustiger und wissbegieriger Junge war. Ich musste mich wahnsinnig beherrschen, am liebsten hätte ich ihn geschüttelt und geschüttelt, ich wollte ihn einfach wachrütteln. Da Tobias alles hängen ließ, war er sehr schwer zu halten, sogar den Kopf musste ich stützen. Mein Gott, wie dünn er doch geworden war! Nach kurzer Zeit legte die Schwester ihn wieder zurück ins Bett.

So vergingen die ersten Tage „danach"! Da war keine Ähnlichkeit mehr mit unserem früheren Leben. Früheres Leben? Das ist doch erst ein paar Tage her! Aber uns kam es vor, als wenn Lichtjahre dazwischen lägen. Zehn Tage nach Tobias' Einlieferung ins Krankenhaus wurde wieder eine Kernspintomografie durchgeführt. Da zeigten sich die ersten Veränderungen im Gehirn. Ob es an einer Gehirnentzündung lag oder an was auch immer, konnte letztendlich nie eindeutig geklärt werden. Was spielt das auch für eine Rolle? Wichtig ist nur, dass unser Kind gesund wird, ganz egal an was es erkrankt ist!

Tobias 3 Jahre

Tobias 4 Jahre

Eines Nachmittags kamen wir in die Kinderklinik und bekamen nach all diesen schweren Tagen endlich einmal eine gute Nachricht:

„Ihr Sohn hat sich organisch relativ gut erholt, wir können das Beatmungsgerät abschalten.“

War das eine Freude! Franz und ich konnten es kaum erwarten.

Am 14.04.1995, dieser Tag fiel in diesem Jahr auf den Karfreitag, war es soweit. Tobias wurde extubiert, das heißt, man ließ ihn langsam aus dem künstlichen Koma erwachen. Total angespannt saßen wir am Bett unseres Sohnes und beobachteten jede Reaktion, genauer gesagt, wir wollten jede Reaktion beobachten, aber es kam keine.

„Wieso reagiert er nicht?“ fragten wir voller Ungeduld.
Die Schwestern beruhigten uns:
„Das kann schon etwas dauern, Tobias war ja doch viele Tage im Tiefschlaf. Im Vorbeigehen fragte ab und zu der Arzt: „Wie sieht es aus?“ „Bis jetzt noch nichts“, antworteten wir. „Sie dürfen sich nicht gleich zuviel erwarten“, erklärte uns der Arzt.

So vergingen die Stunden. Stunden? Waren es wirklich nur Stunden? Vom Gefühl her kam es mir vor, als hätte ich an diesem Tag mein halbes Leben dort verbracht. Franz und ich wurden immer nervöser, selbst der Arzt formulierte irgendwann vorsichtig:
„Also schön langsam dürfte er schon reagieren.“
Doch es kam nichts, gar nichts! Unser Kind blieb in einem komaähnlichen Zustand.
„So wie es aussieht, sind durch den Sauerstoffmangel im Gehirn so viele Gehirnzellen abgestorben, dass alles bis dahin Erlernte weg ist.“ „Ja und

was soll das heißen?" fragten wir entsetzt. „Das heißt, dass man nicht voraussagen kann, ob und was wiederkommt, jedoch besteht die Möglichkeit, dass andere Gehirnzellen bestimmte Aufgaben übernehmen. Das kann schnell gehen, das kann lange dauern", erklärte uns der Arzt.

Spannender hätte man es wirklich nicht formulieren können, denn dies sagte alles und doch gar nichts. Fassungslos starrten Franz und ich auf Tobias' kleinen Körper. Wir hofften auf ein Wunder, aber nichts geschah. Tobias lag völlig apathisch im Bett. Er atmete wieder selbstständig, das war aber auch alles.

„Hallo Tobias, Mami und Papi sind da!"

Irgendwann schlug er die Augen auf, doch sein Blick ging ins Leere. Das war selbst für einen Laien klar ersichtlich.

Man kann vieles beschreiben, aber dieser Moment ist unbeschreiblich. Ich glaube, das kann nur jemand nachvollziehen, der ein ähnliches Schicksal erlebt hat. Wie kann ein Tag den wir so herbeigesehnt haben, ein Tag auf den wir uns so gefreut haben, so enden? Für uns brach eine Welt zusammen. Tobias erkannte nicht einmal mehr seine Eltern! Es war nichts mehr da, die viereinhalb Jahre seines bisherigen Lebens waren praktisch ausgelöscht.

Nur langsam begriffen wir die Tragweite seines jetzigen Gesundheitszustandes. Tobias ist teilweise gelähmt, er kann nicht mehr sprechen, wird durch eine Magensonde ernährt, muss gewickelt werden, kann nicht weinen, nicht lachen und nimmt weder seine Umgebung noch sonst etwas wahr.

So schlichen die Tage dahin, begleitet von jedem neuen Morgen, an dem ich nach einem scheinbar furchtbaren Alptraum erwachte um dann langsam festzustellen, dass es kein Traum, sondern Wirklichkeit war. Wie kann ich jetzt unser Gefühl beschreiben? Wir waren irgendwie total frustriert und trotzdem voller Euphorie. Immerhin hatten wir den einen Satz im Hinterkopf: Andere Gehirnzellen können bestimmte Aufgaben übernehmen! Außerdem waren Franz und ich uns einig: Unser Kind soll nicht ewig in einem derart hilflosen Zustand bleiben. Wir werden alles tun was nötig ist, egal was es ist, egal wie schwierig es ist, Hauptsache es hilft Tobias. Gemeinsam schaffen wir es. Das war fortan unsere Devise. Wenn ich so zurückdenke, war es in dieser Zeit gerade Franz, der nichts unversucht ließ.

Eines Nachts hatte sich unser Sohn die Magensonde selbst herausgezogen. Kaum das Franz wusste, dass Tobias selbstständig schlucken konnte, flößte er ihm mit einer Spritze schlückchenweise Tee in den Mund, später versuchte er es mit einer Schnabeltasse, was auch gut klappte. Dann „bestellte“ Franz einen Knödel mit Soße für unseren Sohn, wohlgemerkt auf der Intensivstation! Davon hat er einen halben Knödel löffelweise gegessen.

Täglich kam eine Krankengymnastin zu Tobias ans Bett. Sie massierte seine Zehen und machte verschiedene Übungen mit ihm. Nach drei Wochen Intensivstation konnte Tobias auf die normale Station verlegt werden. Endlich konnten Verwandte und Bekannte ihn besuchen. Es war schon erstaunlich, wie alle Besucher versuchten ihr Erschrecken zu verbergen. Am besten erinnere ich mich an meine Zwillingsschwester Jutta, sie wäre am liebsten in Tränen ausgebrochen, aber sie wollte mir zuliebe nicht zeigen wie geschockt sie war und überspielte es mit allen möglichen Aufforderungen an Tobias gewandt:

„Hey Tobias, das wird schon wieder!“

Auf jeden Fall klang es positiv, im Gegensatz zu der Aussage eines Arztes, der täglich nach Tobias sah. Ich fragte ihn eines Tages:

„Bitte sagen Sie mir, was wird aus unserem Kind werden?“ Er schaute mich an und antwortete: „Ihr Kind wurde durch den Sauerstoffmangel so schwer hirngeschädigt, das wird n i e mehr!“

Mir war, als würde mir der Boden unter den Füßen weggezogen. „Was hat dieser Halbgott in Weiß gesagt?“ Nie werde ich verstehen, wieso ein Arzt eine solche Aussage macht. Darf es sein, dass man betroffene Eltern so entmutigt? Darf es sein, dass man betroffenen Eltern jede Hoffnung nimmt? - Ist es nicht gerade in solchen Situationen wichtig, hoffen zu können und niemals den Mut zu verlieren?

Ich möchte an dieser Stelle darauf hinweisen, dass ich schon für die Wahrheit bin und auch nichts von Schönrederei halte, aber wer kann bei einer Hirnschädigung eine Prognose stellen? Ich denke, dass ist fast wie beim Lottospielen, entweder man erreicht gar nichts oder vielleicht ein bisschen was, aber wenn man viel Glück hat, erreicht man alles. Wäre es nicht sinnvoller gewesen zu sagen: „Wir können auch nicht in die Zukunft sehen!“ Wer in einer solchen Lage ist, klammert sich an alles Positive, weil man etwas braucht, an das man sich halten kann. Wenn man natürlich eine derart negative Antwort bekommt, schlägt es ins Gegenteil um. Ich habe lange versucht mit diesem Satz: „Ihr Kind wurde durch den Sauerstoffmangel so schwer hirngeschädigt, das wird nie mehr!“, fertig zu werden, aber ich habe es nie geschafft und ich werde es auch nie schaffen.

Zwischenzeitlich erkrankte auch Daniel an Keuchhusten, wir waren geschockt. Was ist, wenn Daniel durch einen Hustenanfall auch keine Luft mehr bekommt? Die Wahrscheinlichkeit blieb zwar eher gering, weil Daniel ansonsten körperlich fit war, aber man kann ja nie wissen! Gott sei Dank lief es bei unserem Jüngsten ohne größere Zwischenfälle ab, die Nächte waren manchmal beunruhigend, aber das war in dieser Zeit sowieso egal.

Bei einem unserer zahlreichen Krankenbesuche in der Kinderklinik kam dann der nächste Schock: Franz war gerade dabei Tobias zu füttern, als er vorsichtig andeutete:

„Petra, schau mal, ich weiß nicht, aber ich habe das Gefühl, dass Tobias nichts sieht!"

„Was soll das, wie kommst du denn darauf?" antwortete ich, doch Franz ließ sich nicht beirren.

„Du musst genau beobachten wie ich Tobias füttere, er macht nur den Mund auf, wenn er an der Lippe den Löffel spürt."

Es bedurfte wirklich nur einer kleinen Demonstration um zu sehen, dass er nicht so Unrecht hatte. Nein, nein, nein, nicht auch noch blind! Aber diesen Gedanken verdrängte ich, ich hatte alle möglichen bzw. unmöglichen Erklärungen dafür. „Das ist reiner Zufall", so versuchte ich Franz und mich zu beruhigen. Damit war dieses Thema für mich erledigt, ich wollte mich nicht mit noch mehr Problemen befassen, schließlich hatten wir schon mehr als genug!

Wie blass Tobias doch ist! Wahrscheinlich hatte mein Mann denselben Gedanken, denn plötzlich sagte er:

„Wir sollten mit Tobias mal ins Freie gehen."
„Wie stellst du dir das vor, er kann doch gar nicht richtig sitzen?" fragte ich verwundert. „Das kriegen wir schon irgendwie hin, ich lasse mir was einfallen", antwortete er.

Tatsächlich hatte Franz eine gute Idee. „Wir könnten seinen Buggy von zu Hause mitnehmen und ihn damit spazieren fahren." Nachdem wir von ärztlicher Seite die Erlaubnis dazu hatten, probierten wir es am nächsten Tag gleich aus. Aber es war leichter gesagt als getan, weil unser Kind alles hängen ließ. Doch Franz gab nicht auf, er verließ das Krankenzimmer und kam mit allen eventuell brauchbaren Hilfsmitteln zurück: Kissen, Decke, Mullbinden, Pflaster. Damit stützte er Tobias so ab, dass wir mit ihm spazieren fahren konnten. Optisch sah es zwar unmöglich aus, aber es erfüllte seinen Zweck. Von da an sind wir täglich, sofern das Wetter es erlaubte, mit unserem Kind in den nahe gelegenen Stadtpark gegangen.

Neben der Krankengymnastin kam jetzt auch noch eine Ergotherapeutin zu Tobias. Leider interessierte unseren Sohn das wenig, egal was sie machten, er ließ es mehr oder weniger einfach über sich ergehen. Mittlerweile befand sich unser Sohn bereits fünf

Wochen im Krankenhaus. Nur langsam zeigten sich körperlich kleine Fortschritte. Wenn Tobias sich bemühte, schaffte er es sich selbstständig umzudrehen. Jetzt musste er nicht mehr alle paar Stunden gelagert, das heißt in eine neue Liegestellung, gebracht werden.

Bei einer von unzähligen Visiten erfuhren Franz und ich wie unser Kind weiterbehandelt werden soll.

Die zuständige Oberärztin erklärte uns:
„Es gibt verschiedene Therapien die Tobias' Entwicklung fördern können, die Rehaklinik Vogtareuth hat eine neurologische Abteilung, welche auf Fälle dieser Art spezialisiert ist. Hier können wir nichts mehr für Tobias tun."

Was blieb uns anderes übrig, als dem zuzustimmen? Wir wollten schließlich alles tun um Tobias zu helfen. Das Problem war nur, dass es dauern konnte, bis wir einen Therapieplatz bekommen würden. Nach sechs Wochen Kinderklinik reichte es mir. Sagte die Ärztin doch, sie können hier nichts mehr für Tobias tun!

Was soll ich dann eigentlich noch da? Warten auf den Therapieplatz kann ich mit Tobias auch zu Hause. Kaum dass ich diesen Gedanken zu Ende gedacht hatte, setzte ich ihn in die Tat um, obwohl man in der Kinderklinik mehr oder weniger dagegen war. Natürlich hatten sie Verständnis für unseren Wunsch, aber man bestand darauf, dass Tobias ohne Unterbrechung weiter therapiert werden musste, es war ja nicht abzusehen, wann ein Therapieplatz in Vogtareuth frei wurde. Nachdem ich eine ambulante Krankengymnastin organisiert hatte, die täglich zu uns ins Haus kam, stand unserer Heimkehr nichts mehr im Wege.

Am 18.05.1995 war es soweit, wir konnten die Kinderklinik mit unserem Sohn verlassen, zwar sehr krank - eigentlich heißt es körperlich und geistig schwerstbehindert - aber es fällt mir schwer es so zu formulieren. Daniel freute sich wahnsinnig auf sein Brüderlein. Wir hatten ihn schon ab und zu auf die normale Station mitgenommen, aber zu oft wollten wir es auch vermeiden. Wir hatten keine Ahnung wie Daniel das verkraften würde, doch zu diesem Zeitpunkt war Tobias für ihn einfach n u r krank. Erst als wir ihn mit nach Hause brachten, praktisch immer noch krank, verstand er die Welt nicht mehr.

„Mama, warum redet Tobias nicht mehr mit mir?“, fragte Daniel total verstört.

Diese Frage werde ich mein ganzes Leben nicht vergessen. Genauso verzweifelt wie mich unser Jüngster anschaute, genauso verzweifelt versuchte ich meine Betroffenheit zu verbergen und ihm eine verständliche Erklärung abzugeben. Doch wie bereits erwähnt, wie kann ich jemand etwas begreiflich machen, was ich selbst nicht verstehe? Ich konnte mich nicht beherrschen, mir schossen die Tränen in die Augen, was Daniel sofort registrierte.

„Mama, warum weinst du so oft?“ „Weißt du mein Schatz, ich glaube Tobias’ Krankheit wird länger dauern.“

Da sich unser Kind jetzt drehen konnte, aber nur ungezielt, legten wir ihn mit Decken und Kissen auf den Teppichboden ins Wohnzimmer, um Verletzungen zu vermeiden. Außerdem ist er, abgesehen von den Spaziergängen, lange genug im Bett gelegen. Zum Schlafen planten wir Tobias in die Mitte unseres Ehebettes zu legen, da konnte eigentlich auch nichts passieren, seine Bewegungen waren ja doch stark eingeschränkt.

Das größere Problem war, wie wir Tobias zum Essen zu uns an den Tisch setzen konnten. Doch auch da hatte Franz wieder eine gute Idee! Er holte aus dem Auto den Kindersitz, bei dem man Tobias mit dem Gurt anschnallen konnte und setzte ihn mitsamt dem Kindersitz auf die Bank in der Essecke. Da saß er zwar etwas erhöht, aber da er sowieso gefüttert werden musste, spielte das keine Rolle. Uns war nur wichtig, dass unser Sohn merkte: Wir sind bei dir - du bist bei uns!

Doch unsere „Familienidylle" hatte kaum angefangen, da war sie auch schon wieder zu Ende. Bereits am dritten Tag, nachdem wir Tobias mit nach Hause genommen hatten, kam ein Anruf aus der Kinderklinik. Für unseren Jungen war ein Platz in der Rehaklinik freigeworden. Schon am übernächsten Tag sollte Tobias mit einer Begleitperson nach Vogtareuth kommen. Nun stellte sich die Frage: Wer fährt als Begleitperson mit?

Es war klar, dass einer bei Daniel zu Hause bleiben muss oder darf - das sei dahingestellt!

„Franz, wie machen wir das nur?“ fragte ich meinen Mann total ratlos.

Das einzige was ich sicher wusste: Ich schaffe das nicht! Ich hatte keine Nerven mehr für ein Krankenhaus, für alle möglichen Untersuchungen, die man bei Tobias durchführen würde. Natürlich war mir klar, dass man Tobias nur helfen wollte, aber ich war an einem Punkt angelangt, wo ich einfach dachte: „Lasst unser Kind endlich in Ruhe!“

„Franz, bitte fahre du mit Tobias, wenigstens die erste Zeit, bis alle Voruntersuchungen abgeschlossen sind“, bat ich meinen Mann. Er erklärte sich sofort dazu bereit. Wir vereinbarten, uns zuerst im vierzehntägigem und später im achttägigen Rhythmus abzuwechseln. Da sein Chef vollstes Verständnis für unsere Situation hatte, bekam Franz unbezahlten Urlaub auf unbestimmte Zeit. Noch heute sind wir, seinem zwischenzeitlich damaligen Chef, für seine Hilfe sehr dankbar. Er sorgte auch dafür, dass Franz vom Schichtdienst zur Gleitzeit wechseln konnte.

Am 23.05.1995 fuhren Tobias und sein Papa los, in eine unbestimmte Zukunft. Franz hatte sich in unmittelbarer Nähe der Klinik ein Zimmer in einem Gasthaus reservieren lassen, weil es in der Klinik keine Übernachtungsmöglichkeit für ihn gab. Da es aus medizinischer Sicht zwingend notwendig war, Tobias zu begleiten, übernahm die Krankenkasse die Kosten für das Zimmer. Damit war uns natürlich sehr geholfen.

Franz rief nach zirka zweistündiger Fahrt zu Hause an und sagte kurz Bescheid, dass er gut in Vogtareuth angekommen war. Er versprach sich abends wieder zu melden. Das war für die kommende Zeit unsere einzige Verbindung. Abend für Abend konnte ich den Anruf kaum erwarten. Manchmal wünschte ich mir, dass Tobias den Hörer in die Hand nimmt und sagt: „Hallo Mama, es ist alles wieder gut!“

Zwischenzeitlich erfuhr ich von einem weiteren tragischen Fall in unserer näheren Umgebung. Ein fünfjähriger Junge wurde durch einen Zeckenbiss drei Monate vorher schwerstbehindert. Dieser befand sich bereits seit mehreren Wochen in der Rehaklinik in Vogtareuth.

Vielleicht sollte ich mich mit dieser Familie in Verbindung setzen. Dieser Gedanke ließ mich nicht mehr los. Ich nahm all meinen Mut zusammen und rief bei der betroffenen Familie an. Eigentlich wusste ich gar nicht so recht was ich mir davon versprach, aber ich glaube es war in erster Linie das Bedürfnis mich mit jemandem auszutauschen der Ähnliches erlebt hat.

„Entschuldigen Sie bitte, wir kennen uns nicht, ich würde mich gerne mit Ihnen unterhalten, ich will nicht aufdringlich sein, wenn Sie nicht wollen dann verstehe ich das auch, aber mein Sohn ist zur Zeit auch in Vogtareuth."

Irgendwie wollte ich alles auf einmal erklären, aber zu meiner Überraschung klang die männliche Stimme am Telefon überaus freundlich und verständnisvoll. Wir unterhielten uns lange über unsere „Sorgenkinder". Unter anderem erfuhr ich, dass Familie Mirwald auch zwei Kinder haben, den kranken Michael und seine Schwester Claudia, die gerade erst ein Jahr alt war. Am Ende unseres Gesprächs bot er mir an mich und Daniel nach Vogtareuth mitzunehmen.

Er wollte mit seiner Tochter seine Frau und seinen Sohn besuchen. Ich konnte es kaum fassen, früher als erwartet sehe ich Tobias und Franz wieder und ich konnte mir früher als erwartet, selbst ein Bild von der Rehaklinik machen. Diese Möglichkeit bekam ich von jemand dem ich völlig fremd war, einfach so! Sogar einen nicht unerheblichen Umweg nahm er in Kauf. Dankbar sagte ich zu. Ich muss dazu erklären, dass ich keine besonders gute Autofahrerin bin und mir nie zutrauen würde eine Strecke zu fahren, die ich nicht kenne.

Wie vereinbart holte uns Franz (er hieß genauso wie mein Mann) am übernächsten Tag, es war ein Feiertag, von zu Hause ab. Obwohl wir uns noch nie gesehen hatten, verstanden wir uns auf Anhieb. Wie sagt man doch so schön: „Schicksale verbinden!“ Da ist sicher was Wahres dran. Auch mein Mann freute sich riesig über unser unerwartetes Wiedersehen. Schon am Eingang wartete er mit unserem Sohn auf uns. Überschwänglich nahm ich Tobias in die Arme. Leider blieb er völlig teilnahmslos, er nahm meine Anwesenheit gar nicht wahr. Das tut weh, das tut furchtbar weh!

Ich habe mich im Laufe der Jahre mit vielen „betroffenen“ Menschen unterhalten, in einem Punkt waren alle einer Meinung: Wenn ein Kind von Geburt an behindert ist, ist das furchtbar schlimm und sicher nicht leicht, aber wenn man diesem Schicksal eine positive Seite abgewinnen kann, dann nur damit, dass man es nicht anders kennt. Franz und ich dagegen kämpfen nicht nur mit der Gegenwart, sondern auch mit der Vergangenheit. Obwohl man sich selber quält, befasst man sich bewusst oder unbewusst mit vielen kleinen Episoden die man erlebt hat. Zum Beispiel die Sache mit dem Teller! Tobias war ungefähr drei Jahre alt. Wir hatten auf dem Balkon zu Abend gegessen. Ich sammelte die Essensreste für unseren Hund auf einen Teller. Mit den Worten: „Wirf doch das unserer Jenny runter“, gab ich Tobias den Teller. Er tat es auch - aber mitsamt dem Teller! Wir haben Tränen gelacht!

Jetzt haben wir nichts mehr zum Lachen, zumindest zurzeit nicht. Es ist nicht lustig, wenn man sein eigenes Kind begrüßen will und es reagiert nicht einmal. Tobias saß im Buggy und starrte ins Leere. Gemeinsam betraten wir die Eingangshalle. Sie war mit vielen kleinen Sitzgruppen ausgestattet und wirkte gemütlich. Franz zeigte uns den Garten, den Spielplatz, den Speisesaal und die neurologische Station, welche durch eine große gelbe Türe abgeschlossen war. Diese große gelbe Türe, noch heute sehe ich sie genau vor mir. Sie war von außen nur mit Knopfdruck zu öffnen und von innen musste man eine Zahlenkombination, die wöchentlich wechselte, eintippen. Natürlich war diese Sicherheitsvorkehrung im Bezug auf die stationär aufgenommenen Kinder notwendig, aber immer, wenn ich die Station betrat und die Tür hinter mir zufiel, hatte ich das Gefühl von der Außenwelt abgeschlossen zu sein. Je länger der Aufenthalt in Vogtareuth dauerte, desto stärker wurde dieses Gefühl.

Unser Sohn war in einem relativ großen Krankenzimmer mit noch drei anderen Kindern untergebracht. Von ärztlicher Seite gab es noch nichts zu berichten, man wollte ihn zuerst beobachten um sich ein genaues Bild von seinen Fähigkeiten, oder was davon übrig geblieben ist, machen.

„Tobias bekommt nach einem genauen Zeitplan verschiedene Therapien. Er hat Musiktherapie, Krankengymnastik,

Ergotherapie (= Beschäftigungstherapie) und

Logopädie (= Sprachtherapie)“,

erklärte mir mein Mann.

„Es ist wichtig, dass ein Elternteil dabei ist, damit man weiß, wie man in verschiedenen Situationen mit Tobias umgehen muss.“ Das leuchtete mir ein, schließlich wird man nicht als Pflegeperson geboren. Man wächst vielmehr in diese Aufgabe hinein. Unser Ziel war ja, dass Tobias wieder gesund wird und wir wollten nichts falsch machen. Da an Feiertagen wie auch an den Wochenenden keine Therapien stattfanden, konnten wir außer zu den Mahlzeiten frei über unsere Zeit verfügen.

Franz zeigte uns seinen Rundgang, den er mit Tobias ein-, zwei-, manchmal sogar dreimal täglich machte. Er wollte sich sicherheitshalber immer in der näheren Umgebung der Klinik aufhalten, da Tobias plötzlich seltsame und teilweise bedenkliche Verhaltensmuster entwickelte.

Er stopfte sich z. B. ständig den Ärmel seines T-Shirts in den Mund bis es so nass war, dass man ihn umziehen musste. Manchmal steckte er seine Hand soweit in den Mund, dass er zum Erbrechen kam. Später gingen wir noch zum Eisessen in das Gasthaus in dem Franz sein Zimmer hatte. Wenn man den Ernst der Lage außer Betracht lässt, war es ein aufregender Tag für die Familie, besonders für Daniel, denn soviel sind wir bis zu diesem Zeitpunkt noch nicht herumgekommen.

Wir hatten 1987 mit dem Hausbau in Bergmatting begonnen, 1989 geheiratet, 1990 kam unser Tobias zur Welt und 1992 unser Daniel. Da ist es logisch, dass wir aus finanziellen und zeitlichen Gründen zurückstecken mussten. Unseren ersten Urlaub hatten wir ein paar Wochen vor Tobias' Erkrankung gebucht. Wir wollten nach Italien fahren. Es erübrigt sich eigentlich zu erwähnen, dass wir diesen Urlaub stornieren mussten.

Am späten Abend fuhren Daniel und ich mit Franz und Claudia wieder nach Hause. Er versprach, uns am kommenden Wochenende wieder mitzunehmen. Das machte den Abschied leichter. Es wäre das erste Wochenende gewesen, dass Franz mit Tobias in Vogtareuth und ich mit Daniel zu Hause verbringen müsste. Mein Mann organisierte uns ein Zimmer für zwei Nächte im selben Gasthaus in dem auch er untergebracht war. So konnten wir uns abends noch in der Gaststätte zusammensetzen. Daniel war in der

Hinsicht pflegeleicht. Er wusste, dass wir durch das Babyphon jederzeit erreichbar waren und schlief problemlos trotz der fremden Umgebung.

Bereits nach diesem ersten Wochenende wurde mir das tägliche Einerlei bewusst. Frühstücken, dann zu Tobias in die Klinik, Mittagessen, zwei Stunden Mittagsruhe für die Kinder, nachmittags zu Tobias in die Klinik, Abendessen und abends warten auf den nächsten Tag. Dieser monotone Rhythmus wurde zwar während der Woche durch Therapien, Untersuchungen und anfallende Arztgespräche unterbrochen, trug aber meistens auch nicht gerade zur Erheiterung bei.

Besonders schlimm traf es uns, als wir die Ergebnisse der Sehteste erfuhren.
Unser kleiner Junge ist blind!!!

Für uns brach eine Welt zusammen. Das kann doch nicht wahr sein! Das darf doch nicht wahr sein! Unser kleiner Junge ist blind - rindenblind. Franz und ich hatten noch nie etwas davon gehört. Die Ärzte erklärten es uns so: Rindenblind bedeutet, dass das Auge organisch gesund ist, aber geistig kann das Gesehene nicht verarbeitet werden, das heißt vereinfacht, Tobias sieht nur das was er versteht - doch das war soviel wie gar nichts!

Nach diesem Schock war ich mutloser denn je und der bevorstehende Wechsel - ich mit Tobias in

Vogtareuth - fiel mir jetzt noch schwerer. Aber im Vergleich zu Franz wusste ich im Grossen und Ganzen was in einer Woche auf mich zukommen würde - dachte ich jedenfalls.

Aber da irrte ich mich gewaltig, ich hatte keine Ahnung! Denn gerade nach dem ersten vierzehntägigen Wechsel mit Franz fanden die Ärzte in Vogtareuth es an der Zeit mit den eigentlichen Untersuchungen zu beginnen. Es war eine Kernspintomografie (Schichtaufnahmen des Gehirns unter Vollnarkose), ein EEG (Gehirnströme messen mit Elektroden auf der Kopfhaut) und eine Liquoruntersuchung (Untersuchung des Gehirnwassers das aus dem Rückenmark entnommen wird) geplant.

Das war wirklich riesig und das alles in den zwei Wochen die ich mit Tobias in Vogtareuth verbrachte. Aber wie bereits erwähnt, man glaubt gar nicht was man alles schaffen kann, wenn man muss. Für mich stand außer Frage, dass ich mein Kind begleiten würde, wo ich darf.

Als erstes wurden wir mit dem Sanitätsauto nach Rosenheim gefahren, da in der Rehaklinik Vogtareuth keine Kernspintomografie durchgeführt werden konnte. Ich hielt meinen Sohn ganz fest in den Armen als man ihm die Narkose verabreichte. Er hat doch jetzt wochenlang „geschlafen,“ jetzt muss er schon wieder schlafen, ging es mir durch den Kopf. Wenigstens schlief er in meinen Armen ein.

Nach einer halben Stunde war alles vorbei und von der Dame an der Anmeldung erfuhr ich, dass wir nach Vogtareuth zurückfahren konnten. „Ja, aber zuerst möchte ich wissen, was die Untersuchung gezeigt hat“, erklärte ich ihr unmissverständlich. Sie wirkte etwas erstaunt, aber nach einer kurzen Wartezeit konnte ich mit dem Arzt, der die Kernspintomografie durchgeführt hatte, sprechen.

„Bei Ihrem Sohn sind schon gravierende Veränderungen im Gehirn zu sehen, aber lassen Sie sich dadurch nicht entmutigen, ich habe schon schlimmere Fälle gesehen. Sie dürfen nur niemals die Hoffnung aufgeben, denn keiner kann voraussagen wie sich das Gehirn entwickelt“, versuchte er mich zu trösten.

„Na ja, das ist nicht viel, aber wenigstens etwas“, antwortete ich.

Es ist schon erstaunlich, an was man sich alles klammert, denn bis heute habe ich die Aussage dieses Arztes nicht vergessen.

Bei der Liquoruntersuchung durfte ich nicht dabei sein. Aber ich wusste zwischenzeitlich, dass es sehr unangenehm war und dass man sich danach einige Stunden so wenig wie möglich bewegen sollte, weil man sonst furchtbare Kopfschmerzen davon bekommt. Nachdem Tobias diese Untersuchung hinter sich hatte, war es mehr oder weniger meine Aufgabe unser Kind still zu halten. Dies war nicht so einfach, da Tobias zunehmend unruhiger und aggressiver wurde.

Doch das Schlimmste stand uns noch bevor. Das war der Tag als Tobias zum EEG musste, denn unser Sohn reagierte mehr und mehr abwehrend auf jede Berührung, insbesondere am Kopf und im Gesicht. Ganz schlimm wurde es, wenn man ihn zwang auf einer Liege zu liegen.

Selbst nach all den Jahren sehe ich das ganze Szenarium noch klar und deutlich vor mir: Ich kam morgens in die Rehaklinik und konnte Tobias nirgends finden. „Wo ist denn mein Kind?“ fragte ich im Schwesternzimmer. „Ihr Sohn ist bereits beim EEG, sie können aber gerne nachfolgen“, bekam ich zur Antwort. Die Schwester erklärte mir den Weg dorthin. Ich war gerade an einem langen Gang angelangt als ich ein Kind am Ende des Ganges fürchterlich schreien hörte. Eigentlich war es gar kein richtiges Schreien, es war vielmehr ein verzweifeltes Lautieren. Das ist doch mein Tobias! Aufgeregt fing ich an zu laufen und öffnete die Türe, wo ich das Schreien vermutete. Ich sah Tobias auf einer Liege, wo er sich so gut es ging mit Händen und Füßen gegen die zwei „Damen“ wehrte, die ohne Wenn und Aber versuchten, ihm die Elektroden am Kopf zu befestigen. Ich wollte gerade sagen:

„Jetzt hören Sie bitte auf, ich bin seine Mama!“ Da kam mir eine dieser beiden „Damen“ zuvor: „Gehen Sie hinaus, das Kind wird unruhig!“ sagte sie wortwörtlich zu mir!

Fassungslos stand ich da und wusste momentan nicht was ich sagen sollte. Das kann doch nicht möglich sein, ich höre meinen Sohn schon von weitem schreien und dann sagt diese „Dame“ zu mir: „Gehen Sie raus, das Kind wird unruhig!“

„Wie bitte?“, fragte ich total entnervt.
Doch ich wartete keine Antwort mehr ab, ich lief zurück ins Schwesternzimmer und traf dort auf eine Ärztin die auch für Tobias zuständig war. Ich schilderte ihr was ich soeben erlebt hatte und da mir meine Aufregung anzusehen war, wollte sie sich sofort darum kümmern. Schon nach wenigen Minuten kam sie zurück - mit Tobias.

Allmählich hatte ich die Nase gestrichen voll von all den Untersuchungen die Tobias über sich ergehen lassen musste, die aber trotzdem im Grunde nichts oder nicht viel brachten. Was nützt uns eine Kernspintomografie, wenn wir dann wissen wie viele Gehirnzellen abgestorben sind, aber kein Medikament der Welt kann neue Gehirnzellen vermitteln! Was nützt uns eine Liquoruntersuchung, wenn man anschließend doch nur Vermutungen anstellen kann!

Was nützt uns ein EEG, wenn wir dann wissen, dass die Gehirnströme verlangsamt sind, aber kein

Medikament der Welt kann die Gehirnströme wieder normalisieren! So verging Woche um Woche, der vierzehntägige Wechsel, mal mit Daniel zu Hause, mal mit Tobias in Vogtareuth, hatte sich mittlerweile eingependelt.

Eines Tages bekamen wir am Rande mit, dass einige Patienten mit ihrer Begleitperson, deren Anfahrtsweg nicht allzu weit war, übers Wochenende nach Hause fahren durften. Wir fragten nach und tatsächlich war das möglich, allerdings durften wir erst am Samstagmorgen nach dem Frühstück heimfahren und mussten am Sonntagabend spätestens um 19.00 Uhr wieder da sein. Für meinen Mann war es etwas umständlich, denn Franz musste mich entweder in Vogtareuth abholen oder mich nach Vogtareuth bringen. Aber es war einzurichten. Da Franz nun sowieso jedes Wochenende fahren musste, wechselten wir uns von diesem Zeitpunkt an wöchentlich ab.

Mittlerweile war es Juli geworden, es war ein Samstag und ich wartete schon sehnsüchtig auf Tobias und Franz. Endlich bog das Auto in unsere Einfahrt ein. Ich rannte nach unten, öffnete die Autotüre und wollte unseren Sohn wie schon so oft nach oben tragen.

„Nein, warte, ich möchte dir etwas zeigen", sagte Franz, seine Stimme klang total aufgeregt.

Ich schaute ihn erstaunt und fragend an, aber ich ließ ihn gewähren. Er hob Tobias aus dem Autositz, stellte ihn neben das Auto und nahm ihn an der Hand. Ich traute meinen Augen nicht! Mit seinem Papa an der Hand machte Tobias zaghafte, kleine Schritte Richtung Haustüre!

Unser Kind konnte wieder gehen!!!

Ich weinte vor lauter Freude.

„Franz, wie kommt es, dass Tobias plötzlich wieder gehen kann?", fragte ich total fassungslos.

Sichtlich gerührt und stolz über die gelungene Überraschung erklärte er:

„Wir haben die ganze Woche schon geübt, wir wollten dir eine Freude machen." „Das ist euch auch wirklich gelungen!"

Natürlich war Tobias durch seine Rindenblindheit sehr eingeschränkt und man merkte ihm seine Unsicherheit an, das war auch der Grund warum er sich lieber an einer führenden Hand bewegte.

Trotzdem machte er mehrere kleinere Fortschritte, aber nur körperlich bedingt. Er konnte wieder alleine auf einem Stuhl am Tisch sitzen und selbstständig essen, zwar nur mit einem Löffel und es musste mundgerecht zerteilt sein, aber immerhin. Weniger Erfolg hatten wir mit den schillernden Farbtafeln die wir ihm immer wieder vor Augen hielten, denn es kam einfach keine Reaktion. Doch wir gaben nicht auf! Wir besorgten uns solche Farbtafeln, damit wir auch am Wochenende zu Hause damit üben konnten.

Selbstverständlich hatte ich auch in Vogtareuth genügend Zeit es immer wieder zu versuchen. Und eines Tages war es soweit! Ich hielt Tobias die rot schillernde Farbtafel vors Gesicht und er griff danach! Tatsächlich griff Tobias danach! Ich konnte es kaum fassen, denn mir war klar, dass jemand nur nach etwas greift, wenn er etwas sieht. Abends berichtete ich Franz telefonisch von unserem Erfolg, was ihn natürlich auch wahnsinnig freute. Ich konnte es kaum erwarten es einem Therapeuten vorzuführen. Doch dies misslang total. Tobias machte keine Anstalten danach zu greifen, als ich es seiner Ergotherapeutin zeigen wollte. „Ich habe es genau gesehen“ versuchte ich mich zu rechtfertigen. „Dies beobachten wir öfters, der Vorführeffekt klappt meistens nicht“, beruhigte mich Tobias’ Therapeutin. Ich war zutiefst enttäuscht, aber ich konnte es nicht ändern.

Noch gut erinnere ich mich an den Besuch meiner früheren Arbeitskollegin Angelika und deren Mann Anton in Vogtareuth. Obwohl wir hundert Kilometer voneinander entfernt wohnten, hatten wir losen Kontakt und verstanden uns ausgezeichnet.

Noch kurz vor Tobias' Erkrankung hatten wir Pläne für einen gemeinsamen Urlaub geschmiedet. Zwar waren sie telefonisch von mir über seinen Zustand informiert worden und sie ließen es sich auch nicht nehmen uns in Vogtareuth zu besuchen, aber es war ihnen anzusehen, dass sie mit „so etwas" nicht gerechnet hatten. Sie waren mehr oder weniger entsetzt, bzw. sprachlos. Immerhin hatten auch sie Tobias als lebenslustiges und gescheites Kind kennen gelernt. Da wir früher sehr viel Spaß zusammen hatten und sie merkten, dass man mit uns eigentlich nichts mehr anfangen konnte, war es schwer ein Gespräch zustande zu bringen. Doch noch heute rechne ich es ihnen hoch an, dass sie da waren, denn solche Freunde gab es nicht viele. Was heißt nicht viele? Außer unserer Verwandtschaft waren Angelika und Anton die einzigen, die uns in Vogtareuth besucht hatten.

Mittlerweile war es August geworden und Tobias hatte sich wie bereits erwähnt körperlich gut erholt. Aber geistig war nichts zu machen, er blieb mehr oder weniger in seiner eigenen kleinen Welt, wo niemand, nicht einmal wir, seine Eltern bzw. sein Bruder Zugang hatte. Doch wenn es einen Weg geben würde, dann nur über uns. So sahen es auch die Ärzte und so beschlossen sie uns zu entlassen.

Noch heute weiß ich genau, was Chefarzt Dr. Laub während der Entlassungsvisite zu uns gesagt hat:

„Wenn ihr so engagiert und liebevoll weitermacht, wird bei Tobias sehr viel wiederkommen."

Natürlich war dies ein riesiger Ansporn für uns. Gleichzeitig versuchte er uns zu vermitteln, dass die Zeit zu Hause mit einem behinderten Kind, das ständig Aufsicht braucht, eine nervenaufreibende Aufgabe sein wird. Doch ich war bereit dies durchzustehen, obwohl mir klar war, dass ich noch ein Kind hatte, das meine Aufmerksamkeit brauchte, und obwohl ich wusste, dass mein Mann wieder zur Arbeit musste und ich mehr oder weniger auf mich gestellt war.

Am 17.08.1995 konnten wir mit Tobias heimkehren. Das werteten wir als Erfolg, nach dem Motto, zu Hause wird sich das schon richten. Doch schon nach wenigen Wochen bekamen wir den ersten Dämpfer.

Wir hatten Tobias kaum zu Bett gebracht, als er einen furchtbaren Hustenanfall bekam. „Was ist denn jetzt los, nein, nicht schon wieder", schrie ich fast hysterisch, „Tobias hat doch kein Keuchhusten mehr!" Nichtsdestotrotz sah man ihm an, dass er fast keine Luft mehr bekam. Vor lauter Aufregung bekam ich mit einem Schlag Durchfall und Erbrechen. Wieder einmal war Franz zur Stelle und er derjenige, der die Nerven behielt und unserem Kind sofort sein Notfallspray verabreichte, das man uns in Vogtareuth mitgegeben hatte. Anschließend verständigte er den Notarzt. „ Nein, nein, nein, nicht das gleiche noch mal von vorne", schrie ich außer mir, ich war zu keinen klaren Gedanken mehr fähig.

Wie schon ein viertel Jahr zuvor, war es irgendwie wieder wie im Film. Die Sanitäter stürmten nach oben und bemühten sich um Tobias, der aber zwischenzeitlich nicht mehr so extrem nach Luft schnappte wie vorher, wahrscheinlich dank des Notfallsprays. Sie vermuteten einen Kruppanfall und wollten Tobias sicherheitshalber zur Beobachtung in die Kinderklinik bringen. „Nicht schon wieder in eine Klinik", schrie ich! Ich war total aus dem Häuschen. Nachdem Franz den Sanitätern unsere

Lage erklärt hatte, zeigten sie zwar Verständnis, meinten aber, dass es gerade in einer solchen Situation wichtig wäre unseren Sohn ärztlich betreuen zu lassen. Natürlich sahen wir es im Grunde genauso. Diesmal durfte ich Tobias begleiten und im Rettungswagen mitfahren. Franz kam mit dem Auto nach.

In der Kinderklinik wurde Tobias unter mehr oder weniger schweren Bedingungen untersucht. Jedes Mal, wenn man ihn berührte oder versuchte ihn hinzulegen, fing er an wild um sich zu schlagen und zu toben. Er schrie dazu, wenn man es so nennen will, aber genau genommen gab er nur undefinierbare Laute von sich. Die Vermutung des Rettungsdienstes bestätigte sich, es handelte sich um einen Kruppanfall. Mir wurde himmelangst. Sollte sich das alles, was wir jetzt durchgemacht hatten, irgendwann wiederholen? Beim besten Willen, aber das schaffe ich nicht mehr!!!

Vorsorglich sollte unser Junge diese Nacht in der Kinderklinik verbringen. Ich wollte bei ihm bleiben und mein Mann und Daniel sollten uns am nächsten Morgen wieder abholen. Wir bekamen ein Zimmer zugewiesen, aber Tobias wollte sich absolut nicht ins Bett legen. Ich legte mich zu ihm, aber es klappte nicht. Er stand immer wieder auf. Eine Schwester schlug vor, ihn mit einem Beckengurt anzuschnallen, aber da tobte und schrie er bis er fast keine Luft mehr bekam. Mein Vorschlag, ihn in ein Gitterbett zu legen, war auch nicht realisierbar, da er dafür schon zu groß war. Keiner wusste mehr einen Rat, es war inzwischen Mitternacht geworden und uns blieb nichts anderes übrig als mit Tobias wieder nach Hause zu fahren.

Tatsächlich gestaltete sich das Familienleben schwieriger als ich gedacht hatte. Das lag unter anderem daran, dass ich total überfordert war, schließlich musste ich unser Kind von morgens bis abends im Auge behalten. Das Problem war, dass Tobias' körperliche Fähigkeiten bei weitem nicht den Stand seiner geistigen Fähigkeiten entsprach. Das heißt z. B., dass er zwar auf eine Leiter klettern konnte, aber nicht wusste, dass er herunterfallen konnte. Im Grunde genommen war Tobias jetzt geistig auf den Stand eines etwa sechs Monate alten Babys und körperlich auf den Stand eines etwa vierjährigen Kindes. Wenn man die „Reichweite" eines Babys mit einem vierjährigen Kind vergleicht, ist vielleicht nachvollziehbar was ich damit meine. Leider gestaltete sich auch jegliche Form von „Erziehung" als sehr schwierig.

Wenn man Tobias „manipulieren" wollte, wurde er extrem aggressiv, das ging soweit, dass er vor Zorn keine Luft mehr bekam und im Gesicht blau anlief. Wenn Tobias z. B. gerade keine Lust hatte, beim Essen am Tisch sitzen zu bleiben, dann machte er es auch nicht und wenn man ihn dazu zwang, brauchte er absolut gar nichts mehr zum Essen. So gab ich ihm manchmal ein Würstchen in die Hand, schließlich wollte ich nicht, dass er wegen fehlender Essensmanieren verhungerte. Solche Beispiele gibt es etliche, aber im Laufe der Jahre wurden solche Extremsituationen immer seltener.

Die größte Hilfe war mir in dieser schweren Zeit meine Schwiegermutter. Trotz ihrer damaligen fünfundsechzig Jahre ließ sie es sich nicht nehmen, täglich für ca. zwei Stunden auf Tobias aufzupassen. Sie ist die einzige Person, der ich, außer Franz natürlich, bedenkenlos unseren Sohn überlassen konnte. Anfangs war es ihr zwar lieber, wenn ich in der Nähe war, aber im Laufe der Zeit genügte es ihr schon, wenn ich erreichbar war. Von meinem Schwiegervater konnten wir wenig Hilfe erwarten, da er stark gehbehindert ist. Auch meine Mama ist seit ihrem Beinbruch gehbehindert und dadurch dieser Aufgabe nicht gewachsen. Ansonsten gab es niemanden, den wir Tobias „mal so eben" anvertrauen konnten. Keiner traute es sich zu - und wir trauten es auch niemanden zu, wie gesagt, außer meiner Schwiegermutter.

Mit ihrer Hilfe war es mir möglich, täglich zu kochen, manchmal zu bügeln u.s.w. Aber mit Putzen, Staubwischen u.s.w. war ich einfach überfordert. Das schaffte ich zeitlich nicht mehr.

Wieder einmal hatte Franz die rettende Idee. Er wusste von seiner früheren Arbeitskollegin, dass diese einen Nebenjob suchte. Er fragte nach und von da ab hatte ich eine Haushaltshilfe.

Wenn man es auch als Entlastung bezeichnen kann, dann waren es die Zeiten, in denen ich von Therapeuten unterstützt wurde. Da war z. B. Herr Weiss von der Frühförderung, der einmal pro Woche für eine Stunde zu uns ins Haus kam und sich mit Tobias beschäftigte. Einerseits konnte ich mich in dieser Zeit anderen Aufgaben widmen, anderseits wollte ich mir selbst ein Wissen in Bezug auf Förderung aneignen. Das konnte ich aber nur wenn ich zusah, wie Herr Weiss mit Tobias umging. Es ist schon bemerkenswert, wie man mit wenigen und einfachen Mitteln versuchen kann, ein Kind z. B. zum Sehen zu animieren. Selbstverständlich kann das nur funktionieren, wenn wie bei Tobias, das Auge organisch gesund ist.

Herr Weiss brachte etliche Tafeln mit grell schimmernden Farben, die wir in der Wohnung an verschiedenen Stellen an der Wand anbringen sollten. Es sollte unserem Kind zur besseren Orientierung verhelfen. Eines Tages hatte Herr Weiss eine Idee: „Wir könnten bekannte Gegenstände aus Tobias' „früherem" Leben fotografieren, in Form von Dias zeigen wir sie ihm. Vielleicht kommt irgendwann eine Erinnerung." Wir waren von dieser Idee total begeistert. „Genau, das probieren wir!"

Das Problem war, dass unser Junge absolut nicht sitzen bleiben wollte. Wie schon so oft hatte Franz einen genialen Einfall. „Wir setzen Tobias in den Autositz den wir vorher auch beim Essen benützt haben, da können wir ihn anschnallen und er m u s s hinschauen." Es klappte auch wunderbar. Täglich ca. fünfzehn Minuten sollten wir diese „Übung" mit ihm machen. Wir machten es auch, uns war nichts zu viel, Hauptsache es hat Erfolg - oder es könnte Erfolg haben. Tatsächlich meinten wir manchmal einen interessierten Blick von Tobias zu bemerken, leider war es oft schwer, dies zu beurteilen, weil man ihn ja nicht fragen konnte. Im Grunde stellten wir nur fest, dass sich unser Kind besser orientieren konnte. Dies konnte aber auch daran liegen, dass ihm sein Zuhause wieder zu einer vertrauten Umgebung geworden war.

Ganz sicher war ich mir, dass Tobias etwas wahrnimmt, wenn ich ihm die schillernden Farbtafeln zeigte, auch diese Übung gehörte zu unserem täglichen Trainingsprogramm. Egal welche Farbe, er griff nach jeder Tafel. Schon nach kurzer Zeit ersetzte ich die Farbtafeln durch große, bunte Gegenstände. Auch da fing er langsam an, danach zu greifen, so dass wir mit den Gegenständen immer kleiner und farbloser wurden.

Abgesehen davon stellten sich ansonsten immer wieder kleinere Erfolge ein. Für uns war dies ein

Zeichen, dass wir auf dem richtigen Weg sind. Ich bemühte mich bereits seit längerer Zeit, unserem Kind das Treten auf Pedalen beizubringen. Irgendwann funktionierte es, nachdem Tobias nach der ersten Umdrehung bemerkte, dass sich das Fahrzeug bewegte, hatte er es heraus. Danach war er nicht mehr zu halten. Mit seinem Dreirad, Rennauto oder Traktor fuhr er stundenlang im Garten herum. Bald darauf entdeckte Tobias die Liebe zum Fahrradfahren. Das war ein Bild für Götter, trotz seiner Rindenblindheit fuhr er wie ein Wilder, hatte keinerlei Gleichgewichtsstörungen, obwohl er ohne Stützen fuhr. Gott sei Dank war unser Garten - wie in weiser Voraussicht - rundherum abgeschlossen und barg deshalb auch keinerlei Gefahren. Man konnte ihn zwar trotzdem nicht aus den Augen lassen, aber eine kleine „Verschnaufpause" konnte man sich schon gönnen. Endlich hatten wir für unser Kind eine Spielmöglichkeit gefunden, denn bis zu diesem Zeitpunkt gab es fast nichts was ihn interessierte.

Das einzige waren noch Musikinstrumente, gleich welcher Art, Hauptsache sie gaben möglichst laute Geräusche von sich. Wenn er jedoch keine Lust mehr hatte, ließ er sie einfach fallen, war er aus irgendeinem Grund gerade zornig, warf er sie einfach in der Gegend herum. Na ja, wie soll ich es beschreiben - wir haben etliche Musikinstrumente kaufen müssen!!! Ansonsten ging Tobias nur ruhelos in unserer Wohnung hin und her.

Er konnte weder Fernsehen, Malen noch Puzzle bauen oder Ähnliches. Neben der Frühförderung bekam unser Sohn einmal pro Woche eine Stunde Krankengymnastik und Ergotherapie kombiniert, im Regensburger Kinderzentrum. Das war für Tobias eine nette Abwechslung und für mich eine kleine Verschnaufpause.

Den ersten Kontakt zum Kinderzentrum in Regensburg hatte ich bereits in Vogtareuth. Die für Tobias zuständige Ärztin, Frau Dr.Rinnert, rief mich dort an und erklärte mir die Aufgaben des Kinderzentrums. Schon am Telefon war mir diese Frau sympathisch und als ich sie beim Aufnahmegespräch kennen lernte, war ich begeistert von ihr. Uns waren bis dahin viele Ärzte und Ärztinnen begegnet, aber niemand war so warmherzig, einfühlsam und verständnisvoll wie Frau Dr. Rinnert. Ein einziges Mal war sie mir etwas unsympathisch, das war als sie auf ein EEG von Tobias bestand. Ich erzählte ihr von meinem Erlebnis in Vogtareuth, aber sie zerstreute meine Bedenken. „Wir haben die netteste, beste und verständnisvollste EEG – Assistentin, die Sie sich vorstellen können.“ „Das kann ich mir zwar nicht vorstellen, aber versuchen können Sie es ja einmal.“

Der Termin wurde für Ende September am Spätnachmittag festgelegt, so dass Franz mich begleiten konnte. Ich war an diesem Tag total frustriert und nervös. Aber da mein Mann dabei war, wusste ich, dass er sich um Tobias kümmern und ihn gegebenenfalls beruhigen würde. Eine sympathisch wirkende Dame, die sich uns als Frau Zeiske vorstellte, holte uns aus dem Wartezimmer ab. Als wir den EEG - Raum betraten, war ich angenehm überrascht, er sah aus wie ein Kinderzimmer mit einer großen Auswahl an Spielsachen. Da ist sicher etwas dabei, womit wir Tobias ablenken können, ging es mir durch den Kopf. Noch mehr beeindruckte mich Frau Zeiske's Frage:

„Haben Sie einen Vorschlag, wie es am besten klappen würde?"

Mein Mann antwortete:

„Wir haben die besten Erfahrungen, z. B. beim Blut abnehmen gemacht, wenn Tobias im Buggy sitzen darf." (Den Buggy bekamen wir als Hilfsmittel von der Rehaklinik Vogtareuth verschrieben.) Tatsächlich ist dieser eine Art Ruhepol für ihn.

„Kein Problem", sagte Frau Zeiske und fing laut summend an, Tobias die Elektroden am Kopf zu befestigen. Man merkte ihm zwar an, dass ihm das alles nicht passte, aber Frau Zeiske gelang es irgendwie immer, ihn abzulenken. Ja, diese Frau ist wirklich Spitze! Sie brachte tatsächlich ein EEG zustande, das man auch auswerten konnte, ohne dass sich Tobias fürchterlich aufregte. Zum Schluss bekam unser Kind dann zur Belohnung noch ein kleines Päckchen Gummibärchen von Frau Zeiske.

Knapp eine Woche später, es war Anfang Oktober, hielt ich mich wie so oft mit Tobias im Garten auf. Meine Schwiegermutter und ich hatten soeben „Schichtwechsel". Es hat sich so eingependelt, dass meine Schwiegermutter von 15.00 Uhr bis 16.30 Uhr auf Tobias aufpasste. Dieser zeitliche Rhythmus war für uns beide nicht schlecht, so konnte sich jeder seinen Tag besser einteilen.

Tobias saß gerade auf der Gartenbank, als ihm plötzlich sein Trinkbecher aus der Hand fiel. Das ist im Prinzip nichts Außergewöhnliches, aber sein Blick dazu war schon etwas sonderbar. Ich hatte den Vorfall eigentlich schon wieder vergessen, aber zwei Tage später passierte das Gleiche noch einmal. Wieder fiel ihm sein Becher aus der Hand und sein Blick war wieder etwas sonderbar.

Das ist kein Zufall, schoss es mir siedendheiß durch den Kopf. Es gibt nur eine Erklärung dafür: Tobias hat Anfälle! Ich war total nervös und konnte es kaum abwarten, dass mein Mann von der Arbeit heimkam.

„Franz, ich glaube unser Kind hat Anfälle!" Franz war entsetzt.

„Wie kommst du darauf, nein, das kann nicht sein, du musst dich täuschen!" Ich berichtete ihm von den beiden Vorkommnissen, aber mein Mann blieb skeptisch. Nur zu gerne ließ ich mich beruhigen, aber ich nahm mir vor, unseren Sohn ab sofort genau zu beobachten. Der nächste Vorfall ließ nicht lange auf sich warten, er ereignete sich bereits zwei Tage später.

Tobias hielt sich in der Küche auf und ich bereitete das Abendessen vor. Ich warf einen Blick auf ihn und erschrak: Tobias verdrehte die Augen nach oben, aber nur für einen kurzen Moment. Dieser Moment war wirklich so kurz, dass ich dachte, ich hätte mir das vielleicht nur eingebildet. Deshalb erzählte ich meinen Mann vorläufig nichts davon. Aber ich war, bedingt durch die Vorkommnisse der letzten Tage, sensibilisiert. Doch dann sah ich es täglich.

„Franz, Tobias hat Anfälle, ich habe es genau beobachtet, ich sehe es jetzt jeden Tag, er verdreht ganz kurz die Augen."

Mein Mann konnte es kaum fassen, natürlich wusste auch er, dass dies nicht normal ist.

„Rufe doch Frau Dr. Rinnert an, sie wird uns sicher weiterhelfen", schlug Franz vor.

Das war der Anfang einer nervenaufreibenden Zeit. Ja, es gab tatsächlich noch eine Steigerung für unser „besch..." Leben!

Frau Dr. Rinnert war kein bisschen überrascht, als ich ihr telefonisch von den Vorfällen berichtete.

„Nach Tobias' Krankheitsbild war dies zu erwarten", gab sie mir zu verstehen. „Aber mit Hilfe verschiedener Anfallstabletten kann man Anfälle eventuell reduzieren, manchmal bleiben Anfälle sogar ganz weg."

„Das klingt schon mal gut, dann schicken Sie mir doch bitte ein Rezept von diesen Anfallstabletten," antwortete ich.

„Leider ist das nicht so einfach, wie Sie sich das vielleicht vorstellen, deshalb sollten wir uns zu einem Aufklärungsgespräch treffen", schlug Frau Dr. Rinnert vor.

Nachdem wir einen Termin für die kommende Woche vereinbart hatten, blieb uns nichts anderes übrig als darauf zu warten. Ich war zwar etwas enttäuscht, aber was soll's, Anfälle sind schließlich nicht lebensgefährlich. Bis zu unserem Gesprächstermin bemerkte ich jedoch mit Entsetzen, dass Tobias' Anfälle immer länger dauerten und täglich mehr wurden.

Endlich war es soweit, mein Mann begleitete mich. Als erstes berichtete ich Frau Dr. Rinnert von der jetzigen Sachlage. Dann erklärte sie uns die Schwierigkeit bei der Auswahl der Anfallstabletten. „Es gibt sehr viele verschiedene Medikamente, manche wirken auch erst in Kombination mit einem zweiten Medikament. Jedes Mittel muss „einschleichend" {d. h. langsam steigernd} eingenommen werden, bis zur Höchstdosis die man geben kann. Sollte sich kein Erfolg zeigen, muss man es schrittweise wieder abbauen. Dann erst kann man mit dem nächsten Medikament beginnen.“ Anschließend erklärte sie noch, dass wir in Abständen von ca. drei Wochen die Blutwerte durch eine Blutabnahme überprüfen müssen und dass es wichtig wäre, die Anfälle in den Griff zu bekommen, da diese das Gehirn ständig so beeinträchtigen würden, dass Tobias dadurch nicht lernfähig sei.

Irgendwie waren Franz und ich uns nicht sicher ob wir das alles wirklich richtig verstanden hatten, aber da wir es beide so aufgefasst hatten, blieben eigentlich keine Zweifel daran. Frau Dr. Rinnert wollte als Erstes mit relativ harmlosen Anfallstabletten beginnen, das heißt, mit denen die am wenigsten Nebenwirkungen haben, das heißt aber auch, dass die Wahrscheinlichkeit, dass diese einen Erfolg zeigen, eher gering ist.

„Trotzdem ist es einen Versuch wert“, meinte Frau Dr. Rinnert. Dann gab sie uns noch den Tipp, dass wir die Tabletten mit Jogurt vermischt geben sollten. Das klappte auch ganz gut, es war, als wenn Tobias wüsste, wie wichtig das für ihn war. Doch bereits nach wenigen Wochen zeigte sich, dass wir kein Glück hatten. Ganz im Gegenteil: Tobias’ Anfälle wurden immer stärker und immer mehr.

Zwischenzeitlich war es Dezember geworden, die besinnliche Zeit hatte begonnen. Davon war bei uns nichts zu spüren, weder von Friede noch von Freude. Dieses erste Weihnachten „danach" war mit Sicherheit eine der schwersten Phasen in unserem Leben. Allein schon das „Geschenke kaufen" war für mich zu diesem Zeitpunkt der reinste Horror.

Was kauft man einem fünfjährigen, hundert Prozent behinderten Kind zu Weihnachten? Wie wäre es mit einer Babyrassel? Die kann er in den Mund nehmen, gibt Töne von sich und wenn er sie herumwirft, ist sie nicht gleich kaputt. Wir entschieden uns aber für ein Keyboard, dasselbe, das er früher einmal besaß.

Hier muss ich unseren Freund Willi bewundern, er ist Single und es kam mir oft vor, als hätte er nichts anderes zu tun als sich Gedanken über Tobias' Geschenke zu machen. Er brachte für unser Kind oft die tollsten und originellsten Spielsachen mit. Manchmal kam es vor, dass er fragte: „Petra, weißt du etwas für Tobias, womit kann ich ihm eine Freude machen?" Wenn ich ratlos verneinte und vorschlug ihm Geld zu geben, ließ er es nicht gelten. „Ich finde schon etwas für ihn", gab er mir zur Antwort. Wie gesagt, es war immer toll oder originell. Es kam auch vor, dass er sich absolut nicht entscheiden konnte. Das war für Willi aber auch kein Problem, dann nahm er einfach beides mit.

Der Hl. Abend selbst war dann die reinste Katastrophe. Wir gingen ins Wohnzimmer zur Bescherung, schon da war Tobias kaum zu bändigen. Wir drückten ihm sein Paket in die Hand und was passierte? Er spielte hingebungsvoll mit dem Geschenkpapier, weil es so schön raschelte.

Das war mir nach all den „besinnlichen" Wochen zu viel. Obwohl ich wusste, dass ich mich Daniel zuliebe beherrschen musste, konnte ich die Tränen nicht zurückhalten. Ich dachte an die Szene vom Jahr zuvor, als Tobias noch gesund war. Mit seinen damals vier Jahren, wusste er, dass das Christkind ins Wohnzimmer kommen würde. Er konnte es kaum erwarten und sah im Laufe des Tages immer wieder einmal durch die abgedunkelte Glastüre des Wohnzimmers. Auf einmal war er total aufgeregt und sagte: „Mama, schau mal, das Christkind hat einen Traktor gebracht, ich kann es sehen." Ich stellte mich neben ihn und tat als suchte ich angestrengt nach einem Traktor. „Tobias, ich sehe nichts", stellte ich mich dumm. „Aber Mama, da, schau mal da!" Völlig genervt versuchte Tobias mir klarzumachen, was für ein blindes Huhn ich doch sei. Ich konnte mein Schmunzeln kaum verbergen, denn ich wusste ja, dass er Recht hatte.

Traditionell wie jedes Jahr fuhren wir am Hl. Abend zu meiner Mama und ihrem Lebensgefährten Klaus nach Ihrlerstein. Da ich außer meiner Zwillingsschwester Jutta noch einen jüngeren Bruder und eine jüngere Schwester habe, ging es bei meiner Mama immer sehr turbulent zu. Man merkte unserem Sohn an, dass ihm der Trubel zu viel war und dass er mit alldem nichts anzufangen wusste. Dementsprechend war er auch kaum zu bändigen, so dass wir uns nicht lange aufhielten - wie gesagt:

„Frohe Weihnachten!"

Nach Weihnachten und Silvester war ich froh, dass die Feiertage endlich vorbei waren, was soll ich mit „Feiertagen" anfangen, wenn ich nichts zu feiern habe?

Anfang des Jahres 1996 wurden Tobias' Anfälle mehr und mehr. Er hatte jetzt fünf bis zehn Anfälle pro Tag. Die Anfälle wurden immer stärker und dauerten immer länger. So wie Tobias vorher während eines Anfalls keine Kontrolle mehr über seine Augen hatte, so hatte er jetzt keine Kontrolle mehr über seinen Kopf oder über seinen gesamten Körper. Ein Anfall dauerte inzwischen ca. zehn bis dreißig Sekunden. Ich teilte die Anfälle in drei Grade ein:

1. Augen = Blickanfall
2. Kopf = Nickanfall
3. Körper = Sturzanfall

Da Anfälle dieser Art mit einer Bewusstseinsstörung zu vergleichen sind, wurde die Verletzungsgefahr immer größer. Die Auswirkungen waren fatal. Ich konnte unseren Sohn vorher schon nicht aus den Augen lassen, aber jetzt ging gleich gar nichts mehr. Tobias brauchte nur am Fenster zu stehen, schon musste ich Angst haben, dass Tobias gerade in diesem Moment einen Anfall bekommt, dann würde er mit dem Kopf voraus direkt auf das Fensterbrett knallen. Bekäme er einen Anfall während er die Treppe zu seiner Oma hinuntergeht, würde er kopfüber die Treppe hinunterfallen und und und...

Ich versuchte unser Kind zu schützen, wo es nur ging, aber kein Mensch kann von morgens bis abends jede Sekunde aufmerksam sein und so zog sich Tobias in dieser Zeit etliche blaue Flecken und Platzwunden zu. Besser wurde es erst als uns Frau Dr. Rinnert vorschlug, einen Fahrradhelm zu kaufen, den er zu seinem Schutz tagsüber tragen sollte. Wir hatten zuerst Bedenken, ob Tobias ihn auch anbehalten würde, aber als ob er wüsste, wie oft er sich schon verletzt hatte, trug er ihn ohne Probleme. Jetzt hatten wir zwar seine Verletzungsgefahr etwas im Griff, jedoch nicht seine Anfälle, die sich zwischenzeitlich auf zehn bis fünfzehn Anfälle pro Tag gesteigert hatten. Bis jetzt hatte kein einziges Medikament eine Wirkung gezeigt, es war zum Verzweifeln!

Es wurde April und Tobias stand ständig an der Wohnungstüre, weil er hinaus in den Garten wollte - zum Fahrradfahren! Aber mir war das in Bezug auf seine Anfälle zu gefährlich, deshalb versteckte ich sein Fahrrad, doch es tat mir in der Seele weh, zuzusehen, wie Tobias suchend im Garten umherging, denn alles was ihn interessierte sah er auch. Wie schon so oft hatte mein Mann eine Idee. Er konstruierte eine Art Hosenträgergurt mit einer Verlängerung. Diesen legte ich Tobias um den Oberkörper und ich lief - quasi mit den Zügeln in der Hand - neben dem Fahrrad her. Das war furchtbar anstrengend, aber Tobias strahlte über das ganze Gesicht. Er durfte endlich wieder Fahrradfahren!

Zusätzlich verklebte Franz den Fahrradlenker mit einer dicken Schaumstoffschicht.

Woche um Woche verging und wir hatten immer noch kein Medikament, das die Anfälle stoppen würde. Da es sich jetzt meistens um Sturzanfälle handelte, wurde die Situation zu Hause immer gefährlicher und immer schwieriger, ja fast unerträglich. Schon morgens, wenn ich aufstand, quälte mich die Frage: „Wie wird Tobias den heutigen Tag überstehen?" Hinzu kam, dass ich selbst nur noch ein Nervenbündel war. Es galt ja nicht nur die Anfälle unter Kontrolle zu halten, Tobias konnte auch Gefahren schlecht einschätzen. Ich war ständig nur am Sprung und diese häusliche Situation wirkte sich extrem auf Daniel aus. Er begann zu stottern.

Natürlich wusste ich, dass ich zu wenig Zeit für unseren kleinen Daniel hatte, aber woher sollte ich sie nehmen? Da gab es doch tatsächlich einige Schlaumeier, die mich daran erinnerten, dass ich noch einen Sohn und auch noch einen Mann hatte, an die ich denken müsse und letztendlich sollte ich auch nicht vergessen, an m i c h zu denken. Solche Tipps waren sicher überlegenswert, aber wie man diese umsetzen sollte, konnte mir keiner sagen.

Da Daniel's Stottern immer schlimmer wurde, wandte ich mich an Frau Dr. Rinnert vom Regensburger Kinderzentrum. Sie bat uns zu einem Gesprächstermin, bei dem auch eine Logopädin {Sprachtherapeutin} und ein Kinderpsychologe anwesend sein sollten. Dabei stellte sich heraus, dass Daniel's Stottern seelisch bedingt sei und dass man dies nur mit Hilfe eines Kinderpsychologen in den Griff bekommen würde. Von da ab musste ich auch mit Daniel einmal pro Woche für eine Stunde zur Therapie. Spielerisch sollte Daniel die heimische Situation verarbeiten. Leider machte es Daniel überhaupt keinen Spaß und ich hatte Mühe ihm jede Woche klarzumachen, wie wichtig es für ihn war, denn uns war wichtig, dass auch Daniel die bestmöglichste Förderung erhielt.

Zwischenzeitlich hatten wir für Tobias eine Schwimmtherapie begonnen, die einmal pro Woche für eine Stunde im Sportrehazentrum in Regensburg stattfand. Ein Arzt hatte uns dies empfohlen und da sich unser Kind wie früher wieder zu einer richtigen Wasserratte entwickelte, wollten wir es versuchen. So hatten Franz und ich mit sämtlichen Therapien, Blutabnahmen und Arztgesprächen stets einen vollen Terminkalender.

Am 28.06.1996 kam es zu einem dramatischen Zwischenfall. Tobias, Daniel und ich saßen am Frühstückstisch und ich hatte soeben Tobias die Anfallstabletten gegeben. Plötzlich stand er auf und fing an zu torkeln. Ich lief zu ihm, bemerkte, dass er würgte und im selben Moment fing er an zu spucken. Er spuckte und spuckte. Anschließend wirkte er sehr benommen, was ich aber momentan auf das Spucken zurückführte. Aber sein Zustand besserte sich nicht, im Gegenteil. Man merkte ihm an, dass er sich fast nicht auf den Füßen halten konnte. Am meisten allerdings irritierte mich sein Blick, er wirkte so abwesend.

„Tobias, was ist los mit dir," fragte ich verzweifelt, obwohl ich wusste, dass ich sowieso keine Antwort bekommen würde.

Ich geriet in Panik, ich wusste nicht was ich tun sollte, ich wusste nur, dass mit Tobias irgendetwas nicht stimmt. Da fiel mir Frau Dr. Rinnert ein. Ich rief im Kinderzentrum an und verlangte Frau Dr. Rinnert.

„Sie hat gerade einen Patienten, versuchen Sie es später noch einmal", entgegnete mir die Dame an der Anmeldung.

„Bitte, es ist wichtig, mit Tobias stimmt was nicht, ich weiß nicht was ich machen soll", bat ich verzweifelt. Sie merkte mir meine Aufregung an und verband mich telefonisch mit Frau Dr. Rinnert.

Nachdem ich ihr den Sachverhalt geschildert hatte, fragte sie mich, ob ich es schaffen könnte mit Tobias zu ihr zu kommen.

„Natürlich, ich komme sofort, das schaffe ich schon.“ Was konnte schon passieren, außer dass mir Tobias das Auto voll spuckte und das ist in einer solchen Situation wirklich das kleinere Übel. Im Kinderzentrum angekommen, ließ man uns gleich zu Frau Dr. Rinnert vor. Da Tobias fast apathisch wirkte, hatte Frau Dr. Rinnert sofort die Diagnose.

„Tobias hat eine Tablettenvergiftung.
Wir sind mit den momentanen Anfallstabletten bei der Höchstgrenze angelangt, wie Sie ja wissen, müssen wir bis an die Grenze der Verträglichkeit gehen, um zu sehen, ob die Tabletten wirken oder nicht, leider war es umsonst.“

Ich fing an zu zittern und war nicht mehr in der Lage einen klaren Gedanken zu fassen.

„Bitte beruhigen Sie sich, es ist gut, dass Tobias gespuckt hat, aber ich würde Ihnen empfehlen Ihren Sohn zur Beobachtung in die Kinderklinik zu bringen“, versuchte Frau Dr. Rinnert mich zu ermutigen. Dann sagte sie noch, dass es aussieht, als wenn ich jetzt einen Kaffee gebrauchen würde und ließ mir einen Kaffee bringen. Anschließend wollte sie noch wissen, ob sie noch etwas für mich tun könnte. Ja, so ist sie, die liebe Frau Dr. Rinnert! Ich bat darum, meinen Mann in der Arbeit anrufen zu dürfen.

Nachdem ich ihm kurz schilderte was passiert war, versprach er gleich zu kommen. Gemeinsam fuhren wir in die Kinderklinik, dort wusste man schon Bescheid. Nach gründlicher Untersuchung (Tobias ließ es einfach über sich ergehen, er war ja fast apathisch) stellte man dieselbe Diagnose. Da er aber gespuckt hatte, gab es eigentlich nichts zu tun, außer dass er für vierundzwanzig Stunden beobachtet werden sollte. Tobias war ziemlich ruhig, man merkte ihm schon an, dass er sich nicht wohl fühlte. So brachten wir die nächsten vierundzwanzig Stunden ohne besondere Vorkommnisse relativ gut herum.

Aufgrund dieser Tablettenvergiftung dachte ich über einen Vorschlag nach, den uns Frau Dr. Rinnert erst kürzlich unterbreitete, den ich bis zu diesem Zeitpunkt aber kategorisch ablehnte. Sie erzählte uns, dass es in Bethel (Bielefeld) eine Anfallsklinik gibt, wo man besonders schwere Fälle behandle. Sie würde uns empfehlen mit Tobias in diese Klinik zu gehen. Da sie selbst schon in dieser Klinik gearbeitet hatte, wusste sie, dass wir mit Tobias dort gut beraten wären. Der Vorteil war, dass Tobias unter ständiger ärztlicher Aufsicht wäre und dadurch könnte man viel gezielter „ausprobieren“ welche Anfallstabletten für Tobias in Frage kämen. Der Nachteil war, dass man mit einem viertel Jahr Klinikaufenthalt M i n i m u m rechnen muss und dass die Klinik

600 km weit weg ist. Deshalb war ich strikt dagegen, aber wie gesagt, aufgrund der Tablettenvergiftung dachte ich darüber nach und versuchte das Für und Wider abzuwägen.

Nur wenige Tage später hatte ich eine Entscheidung getroffen. Tobias hatte einen Sturzanfall und knallte mit dem Gesicht auf eine hölzerne Truhe im Gang. Er hatte sich trotz seines Helmes so wehgetan, dass ich fast nicht in der Lage war ihn zu beruhigen. Das wollte und konnte ich nicht mehr mit ansehen. Umgehend rief ich Frau Dr. Rinnert an und stimmte ihrem Vorschlag zu. „Frau Dr. Rinnert, wir fahren nach Bethel, denn ich will und ich kann nicht mehr!“ Frau Dr. Rinnert wollte sich sofort um einen Aufnahmetermin kümmern, sie erklärte aber, dass es etliche Wochen dauern könnte.

Doch bereits drei Wochen später bekam ich einen Anruf aus Bethel. „Frau Pernpeintner, es ist etwas kurzfristig, aber es wäre schon ab nächster Woche ein Platz für Tobias frei, könnten Sie das einrichten?“ Eigentlich hatte ich Bethel noch gar nicht richtig realisiert, ich wusste noch gar nicht, wie wir das bewerkstelligen sollten, aber ich wusste, dass ich es so zuhause nicht mehr schaffen würde. Deshalb sagte ich sofort zu. Selbst mein Mann war etwas irritiert, als ich ihm die Neuigkeit berichtete. Nach langen Überlegungen beschloss Franz unbezahlten

Urlaub zu nehmen, so dass die ganze Familie nach Bethel fahren konnte, denn auch Daniel war kein Problem, da er noch nicht schulpflichtig war.

Zwar hatten wir Daniel ab September für den Kindergarten angemeldet, aber das könnten wir zeitlich knapp schaffen.

Am 25.07.1996 machten wir uns auf den Weg. Schon früh morgens fuhren wir los, da wir am späten Nachmittag in Bethel sein sollten. Ich hatte Bedenken, wie wir mit Tobias die stundenlange Autofahrt (wir rechneten mit ca. sechs Stunden reine Fahrzeit) überbrücken würden, aber da er gerne mit dem Auto fuhr und wir einige Pausen einlegten, ging es ganz gut. Wir hatten sofort einen positiven Eindruck als wir in der Klinik ankamen, es hatte überhaupt keine Ähnlichkeit mit einem Krankenhaus.

Es sah vielmehr aus wie ein riesiger Kindergarten mit mehreren Abteilungen. Wo man auch hinsah, überall waren Spielsachen. Auf Tobias' „Station" befanden sich ein Schwesternzimmer, ein Esszimmer, eine Küche, ein Bad und drei Räume mit jeweils zwei, drei oder vier Betten. Es waren keine Krankenhausbetten, sondern normale Kinderbetten. Auch die „Schwestern" trugen keine Kittel und waren überwiegend freundlich und hilfsbereit. Wenn man nicht daran dachte „daheim ist daheim," konnte es einem fast gefallen.

Was uns weniger gefiel waren die „festen" Regeln, die sicher teilweise notwendig sind, damit eine gewisse Ordnung gewährleistet ist. Zum einen mussten wir abends bis spätestens 20.00 Uhr die Station verlassen und zum anderen durften wir frühestens um 14.00 Uhr nachmittags wieder kommen. Das fiel uns besonders schwer, denn es war das erste Mal, dass Tobias tagsüber, bzw. vormittags ohne seinen Papi und ohne seine Mami war. Den Vormittag verbrachte unser Kind im hauseigenen Kindergarten in den Kellerräumen.

Geschultes Personal beobachtete genau die einzelnen Anfälle der Kinder. Natürlich wussten wir, dass dies für die Behandlung wichtig war, wir wussten auch, dass es dazu dienen sollte, dass die Eltern eine „Verschnaufpause“ hatten, die wir sicherlich gut gebrauchen konnten, aber wie gesagt, es fiel uns trotzdem schwer. Mittagessen und Abendessen bekamen wir mit verbilligten Essensmarken in einer Kantine ganz in der Nähe.

Im obersten Stockwerk waren die so genannten Elternzimmer. Als Begleitpersonen hatte man die Möglichkeit für eine Woche kostenlos hier zu übernachten. Innerhalb dieser Woche musste man sich ein Zimmer suchen. Das war gar nicht so einfach, denn wir wollten unbedingt in der näheren Umgebung bleiben. Das einzige was wir fanden, waren zwei Dachzimmer mit je einem Einzelbett und einem kleinen Vorraum mit Fernseher für einhundert DM pro Nacht. Nach Rücksprache mit der Krankenkasse, die versprach die Kosten zu übernehmen, sagten wir zu. Aber uns war klar, dass dies nicht die optimale Lösung war, da wir eigentlich drei Betten, bzw. wenigstens ein Doppelbett brauchten, damit Daniel besser Platz hatte.

Doch nun konnten wir weitersuchen, ohne dass wir in Zeitdruck waren. Schon drei Tage später hatten wir Erfolg. Nun mussten wir zwar ca. zwanzig km fahren, aber das nahmen wir in Kauf. Wir mieteten ein Apartment, das aus einem großen Schlafzimmer mit Doppelbett, einem kleinen Wohnzimmer mit Fernseher und einem Bad mit WC bestand, auf unbestimmte Zeit. Es kostete nur wenige DM mehr und wir hatten mehr Platz. Das Frühstück bestand aus einem reichhaltigen Buffet, das man eigentlich genießen sollte, aber selten brachte ich einen Bissen hinunter.

Da wir vormittags Zeit für uns hatten, unternahmen wir viel mit Daniel. Wir machten Stadtrundfahrten, Einkaufsbummel, Besichtigungen u.s.w. Mit etwas Phantasie fühlte man sich fast wie im Urlaub. In dieser Zeit blühte Daniel förmlich auf, sein Stottern wurde deutlich besser. Nachmittags holten wir Tobias ab und gingen spazieren, stundenlang!

Doch auch der schönste Urlaub wird irgendwann langweilig und zwar dann, wenn man die Stadt in- und auswendig kennt, wenn man genügend eingekauft hat und wenn man alle Sehenswürdigkeiten besichtigt hat. Bei mir war es nach vier Wochen so weit, ich hatte die Nase gestrichen voll und war nur noch deprimiert. Verstärkt wurde diese Situation dadurch, dass wir bei Tobias noch kein „Erfolgserlebnis" verzeichnen konnten.

Es war alles wie gehabt, er hatte noch genauso viele und genauso schwere Anfälle, doch die Verletzungsgefahr war weniger geworden, da Tobias einen speziell für ihn angefertigten Anfallshelm aus Leder bekam. Er sah zwar nicht so toll aus, aber er war sehr stabil und ließ so manchen Sturz glimpflich abgehen. Selbst nachts war Tobias „geschützt". Man bestand darauf, unseren Sohn mit einem so genannten Beckengurt zu fixieren, in dem er zwar genügend Bewegungsfreiheit hatte, aber aufstehen konnte er nicht. Entgegen unserer Erwartungen tolerierte es Tobias. Wir hatten sogar das Gefühl, als gebrauchte er es für sich selbst als eine Art Sicherheit. Wir merkten es daran, dass er sofort nach dem Gurt griff, sobald wir ihn ins Bett legten. Deshalb beschlossen wir, einen solchen Gurt auch für zu Hause zu besorgen, um allen Eventualitäten vorzubeugen.

In der Klinik wurde für Mütter und Väter psychologische Betreuung angeboten. Da ich genügend Zeit hatte, wollte ich die Hilfe der Psychologin auch einmal in Anspruch nehmen. Wir trafen uns zum vereinbarten Gesprächstermin in ihrem Büro, das sich in der Klinik befand. Zuerst wollte sie unsere „Geschichte" wissen. Nachdem ich ihr diese in einer Kurzfassung erzählt hatte, kamen wir unter anderem auf Daniel zu sprechen. Ich berichtete ihr, dass Daniel ab September im Kindergarten angemeldet sei, was sich jedoch bedingt durch unseren Aufenthalt in Bethel verschieben könnte. Den darauf folgenden Wortwechsel weiß ich teilweise noch wortgetreu. „Sie sollten es aber nicht hinauszögern, für Daniel wäre es eine wichtige Ablenkung“, meinte die Psychologin. „Ja natürlich, dass wissen wir, aber wir haben mit der zuständigen Kindergärtnerin gesprochen, die uns empfahl, Daniel erst diesen Lebensabschnitt beenden zu lassen und dann konsequent mit dem neuen zu beginnen,“ gab ich ihr zur Antwort. „Wem nützt das, wenn Sie es hinauszögern“, fragte sie mich daraufhin wortwörtlich. „Wie bitte? Ich weiß jetzt nicht, wie Sie das meinen.“ Ich reagierte etwas irritiert, denn ich verstand nicht, warum sie mich das fragte. Ich hatte ihr doch soeben erklärt, dass wir der zuständigen Kindergärtnerin die Problematik geschildert hatten und diese uns empfahl abzuwarten. Danach wollten wir uns richten. Das ist doch nicht so schwer zu verstehen! Unter diesen Umständen hatte ich keine Lust mehr mit der Psychologin zu diskutieren, es führt ja doch zu nichts. Schließlich war Daniel's Anmeldung für den Kindergarten nicht unser einziges Problem und schon gar nicht das größere Problem. Von da ab bin ich Psychologen lieber aus dem Weg gegangen.

Zwischenzeitlich hatten wir uns mit einem netten Ehepaar aus Hameln, Anke und Jürgen, deren Sohn Tim auf derselben Station war wie Tobias, angefreundet.

Wir verstanden uns prächtig, deshalb unternahmen wir gelegentlich etwas gemeinsam. Auch an diesem Abend gingen wir Essen zu „unserem Griechen“ in Bethel. „Der Grieche“ war mittlerweile unser Stammlokal und Costa, der Inhaber, unser bester Freund. Wir überlegten gerade was wir bestellen sollten, als Costa an unseren Tisch kam und sagte: „Ich bringe euch etwas und ihr alle seid zufrieden.“ „O.K., wir lassen uns überraschen“, gaben wir zur Antwort. Nach einer kurzen Wartezeit kam Costa mit einer riesigen Platte zurück. Da war wirklich alles dabei, angefangen von Pommesfrites, Reis, Gemüse, Calamares, Fleischspieße, Gyros u.s.w. Zusätzlich stellte er uns eine Flasche Ouzo und vier Gläser auf den Tisch. Costa brachte für Daniel noch eine Unmenge an Blätter und Stifte, für ihn genau das Richtige, damit konnte er sich stundenlang beschäftigen. Je später es wurde, desto lustiger wurden wir, das wird wohl auch am Ouzo gelegen haben, aber uns war es egal, Hauptsache wir hatten etwas zu Lachen.

Es war das erste Mal seit Monaten, dass Franz und ich richtig ausgelassen waren. Auch Daniel gefiel es, ich glaube, dass er unsere Ausgelassenheit am meisten genoss. Noch heute sprechen wir von diesem denkwürdigen Abend, denn um zwei Uhr morgens fiel uns plötzlich ein, dass keiner von uns mehr Autofahren konnte. Bei Anke und Jürgen war dies kein Problem, denn sie hatten ihren Wohnwagen auf dem Klinikparkplatz stehen, von hier aus nur wenige Gehminuten. Doch unser Apartment war ca. zwanzig km entfernt.

Aber da war ja noch unser Freund Costa. Er ließ es sich nicht nehmen, uns nach Hause zu fahren. Am nächsten Tag nahmen wir ein Taxi nach Bethel.

Mittlerweile waren wir fast zwei Monate in Bethel und langsam zeigten sich bei Tobias Fortschritte, die Anfälle wurden durch eine neue Medikation weniger. Aber bei zehn bis fünfzehn Anfälle pro Tag sind ein paar Anfälle weniger auch nicht das Gelbe vom Ei. Doch es war vielleicht ein Anfang. Täglich kamen wir total angespannt in die Klinik.

„Wie sieht es mit Tobias' Anfällen aus?", war meistens unsere erste Frage.

Die Anzahl der Anfälle, in welchem Ausmaß und um welche Uhrzeit dieser war, wurde genau notiert. Auch wir mussten jeden Anfall aufschreiben, wenn wir mit unserem Sohn unterwegs waren. So konnten wir täglich vergleichen. Wir freuten uns jedes Mal riesig, wenn es wieder etwas weniger waren, wir zeigten uns aber auch zufrieden, wenn es gleich geblieben war, Hauptsache es sind nicht wieder mehr geworden. Dieses Hoffen und Bangen ging wirklich an die Substanz, denn uns blieb nichts anderes übrig als warten, warten, warten...

Wie schon so oft, wurden wir wieder einmal zu einem Arztgespräch gebeten. Wir sprachen darüber, dass Tobias' Anfälle langsam aber sicher weniger wurden.

„Leider ist es aber nahezu unmöglich, Tobias völlig anfallsfrei zu bekommen", erklärte uns der zuständige Stationsarzt. „Ihr Junge bekommt jetzt die Höchstdosis dieser Medikation, mehr kann man ihm nicht geben, um zu gewährleisten, dass die Nebenwirkungen einigermaßen im Rahmen bleiben."

Irgendwie waren wir schon etwas enttäuscht, aber der Arzt versuchte uns zu trösten:

„Sie sehen ja selbst, dass die Anfälle immer weniger werden, das heißt, dass wir auf dem richtigen Weg sind."

Tatsächlich ging es dann fast Schlag auf Schlag. Tobias' Anfälle wurden deutlich weniger, er hatte jetzt nur noch etwa einen Anfall pro Tag, kurz darauf nur noch etwa drei Anfälle pro Woche, wobei ein Sturzanfall eher die Ausnahme war.

Mit diesem Ergebnis wurden wir nach einem viertel Jahr, am 29.10.1996 aus der Anfallsklinik in Bethel entlassen. Wir freuten uns wahnsinnig, endlich wieder nach Hause zu kommen. Ich glaube, dass sogar Tobias wusste, dass wir nach Hause fuhren, denn er war trotz der stundenlangen Fahrt ruhig und zufrieden.

Daheim traf ich Gott sei Dank nicht auf das Chaos, dass man nach einem viertel Jahr „Nichtstun“ eigentlich erwartete, denn meine Mutti und meine jüngere Schwester Ilona hatten ein paar Tage vor unserer Ankunft unsere Wohnung geputzt. Sogar die Fenster waren geputzt, was sowieso nicht gerade meine Leidenschaft ist. Diese Hilfe war eine große Erleichterung für mich, dafür war ich ihnen sehr dankbar.

Wie schon zuvor war mir auch jetzt meine Schwiegermutter wieder meine größte Hilfe. Sie ließ es sich nicht nehmen, Tobias stundenweise zu beaufsichtigen, obwohl es zu dieser Zeit besonders anstrengend war. Zwar hatte Tobias jetzt nur noch wenige Anfälle, aber sein Bewegungsdrang war extrem geworden. Er war keine Minute an einem Platz zu halten, es war ein ständiges Hin und Her. Noch dazu hatte Tobias seine Liebe zu Türen entdeckt. Diese wurden sein liebstes Spielzeug - Türe auf, Türe zu - Türe auf, Türe zu... Schnell stellte er fest, je weiter er die

Türe aufmacht und je heftiger er die Türe zuknallt, desto lauter wird es! Am tollsten aber fand er, dass dies von beiden Seiten aus und an jeder Türe funktionierte!!!

Je weniger die Anfälle wurden, desto mehr begann Tobias zu lautieren, anfangs waren es undefinierbare Laute, aber bald konnte man ein -M- und ein -A- erkennen.

Und plötzlich sagte er: „MAMA".
Er hat MAMA gesagt! Ich konnte es nicht fassen! Tobias hat doch tatsächlich MAMA gesagt.

Das schönste daran war, dass er es gezielt sagte, er sagte es nicht einfach so dahin, sondern er sagte es, wenn er meine Stimme hörte. Um es vorweg zu nehmen, nach einigen Wochen sagte Tobias auch:

„PAPA." Papas Freude war grenzenlos!

Nach den Allerheiligenferien kam Daniel in den Kindergarten. Wie für viele andere Kinder auch, war es schon eine gewisse Umstellung, aber trotz allem, eine nette Abwechslung. Nach ein paar Anlaufschwierigkeiten ging Daniel im Grossen und Ganzen gerne in den Kindergarten.

Herr Weiss von der Frühförderung meinte, dass man auch Tobias langsam in eine Gruppe integrieren sollte. Er empfahl, unseren Sohn in die Vorschulklasse der Blindenschule in Regensburg zu geben, die Einrichtung, in der Tobias auch seine Schulzeit verbringen sollte. Nach einer Besichtigung der Blindenschule war uns klar, dass Tobias dort ganz andere Möglichkeiten hatte als zu Hause. Stundenweise sollte unser Kind in diese Gemeinschaft eingeführt werden.

Am 9.12.1996 holte Herr Weiss unseren Sohn zum ersten Mal ab und hielt sich für eine Stunde mit ihm in den Räumen der Blindenschule auf.
Nach und nach verlängerten wir die Zeit, bis er letztendlich den Vormittag in der Blindenschule verbrachte. Inzwischen wurde er vom Malteser Hilfsdienst abgeholt und mittags wieder heimgebracht. Man merkte Tobias förmlich an, dass es ihm Spaß machte, in die Blindenschule zu gehen. Freudig stieg er jeden Morgen in das Auto des Malteser Hilfsdienstes. Ebenso freute er sich aber auch, wenn er mittags wieder nach Hause kam.

Ich selbst genoss es wieder unabhängiger zu sein, ich genoss in Ruhe meine Hausarbeit erledigen zu können und ich genoss jeden kleinen Fortschritt, den ich an Tobias beobachten konnte. Z.B. fiel mir auf, wie gut sich unser Kind in einer fremden Umgebung orientieren konnte. Es kam mir vor, als wenn er wüsste, wenn er seine Augen nicht gebrauchte, dass er dann über alle möglichen Hindernisse stolpern würde und sich dabei wehtun könnte.

So räumte ich auch zu Hause nicht mehr jedes Hindernis beiseite, zum einen wollte ich unseren Sohn zum Schauen animieren und zum anderen wollte ich ihn testen. Tatsächlich lernte er, seine Augen mehr und mehr zu gebrauchen. Am besten klappte es, wenn ihn wirklich etwas interessierte.

So kam und verging das Jahr 1997. Wir haben uns an unsere schwierige Lage gewöhnt, aber irgendwie auch nicht, wir haben uns mit unserer schwierigen Lage abgefunden, aber irgendwie auch nicht. Uns begleitete ein Wechselbad der Gefühle. Angefangen von:

„Es kann ja nur noch besser werden" bis „was soll sich jetzt noch großartig ändern" oder „das kann es doch nicht gewesen sein!"

Es war ein ständiges Auf und Ab und manchmal war es besser, einfach nicht darüber nachzudenken.

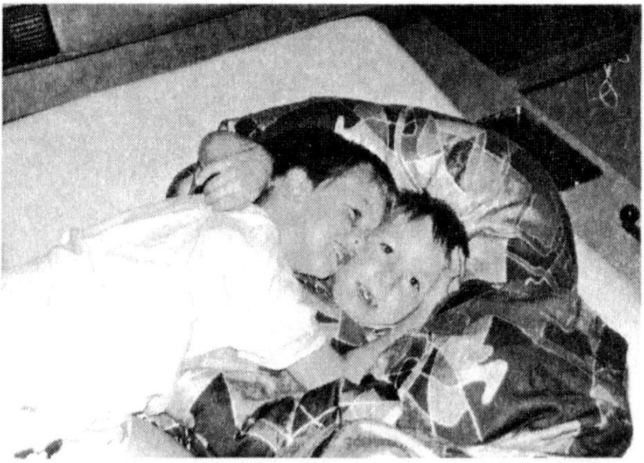

Tobias 7 Jahre

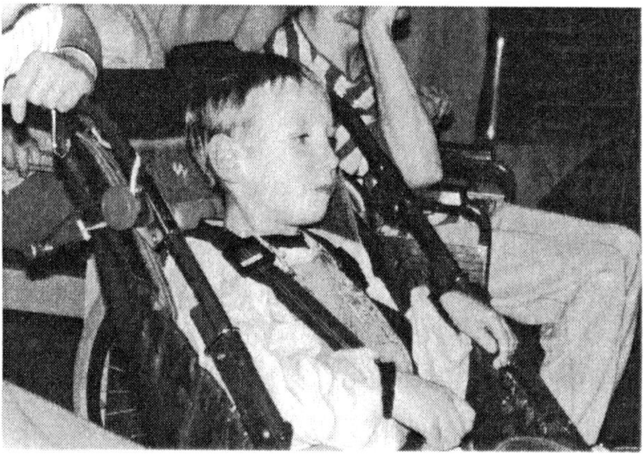

Tobias 8 Jahre

Dazu hatte ich im Jahr 1998 auch keine Zeit. Ich bezeichne es für mich persönlich als das Horrorjahr. Der Horror begann am 2.2.1998. Tobias hatte schon tagelang Brechdurchfall. Das bedeutete unter anderem auch, dass er die für ihn so wichtigen Anfallstabletten nicht behielt. Deshalb wurde unser Junge, mit mir als Begleitperson, in die Kinderklinik eingeliefert. Dort bekam er ein Anfallsmittel über die Vene, bis der Brechdurchfall vorüber war. Da Tobias durch den tagelangen Brechdurchfall geschwächt war, schlief er verhältnismäßig viel. In dieser Zeit nahm Franz die Möglichkeit der Haushaltshilfe in Anspruch und konnte dadurch bei Daniel zu Hause bleiben.

Am 7.2.1998 wurde Tobias aus der Kinderklinik entlassen.

Am 19.2.1998 musste unser Daniel seine bereits dritte Operation über sich ergehen lassen. Das erste Mal wurde er im März 1994 an Polypen operiert und das zweite Mal vier Wochen später, im April 1994, an Hodenhochstand und Leistenbruch. Dieses Mal wurde er wieder an Polypen operiert und bekam gleichzeitig Paukenröhrchen. Natürlich ist so eine Operation nicht weltbewegend, aber mit den Voruntersuchungen u.s.w. macht es eben auch nicht unbedingt Spaß.

Schon in dieser Zeit fühlte sich mein Mann nicht wohl. Es war kein offensichtlicher Grund vorhanden, das heißt, er hatte weder Grippe noch sonst etwas. Er ging zum Arzt und bekam Antibiotika. Trotzdem verschlechterte sich Franz' Allgemeinzustand zusehends. Außerdem bekam er einen schlimmen Hautausschlag. Da es auch wahnsinnig juckte, ging er zum Hautarzt. Dieser stellte sofort die Diagnose: Windpocken! Franz bekam als sechsunddreißigjähriger Windpocken! Er hatte diese Kinderkrankheit im Kindesalter nicht gehabt. Umso mehr traf es ihn jetzt. Manchmal ging es ihm so schlecht, dass er mehr oder weniger nur noch so dahin vegetierte. In meiner Not rief ich den Hausarzt meines Mannes an:

„Ich kann das nicht mehr mit ansehen, was soll ich nur machen?“ Doch der Hausarzt konnte mir auch nicht helfen. „Sie können nichts tun, eine

Kinderkrankheit in diesem Alter kann so schwer verlaufen."

Ich erinnere mich noch, dass ich zu Franz sagte: „Wenn es morgen nicht besser ist, fahre ich dich in die Notaufnahme irgendeiner Klinik, weil ich die Verantwortung nicht mehr übernehme." Ab dem nächsten Tag ging es tatsächlich bergauf mit meinem Mann. Endlich, nach eineinhalb Wochen trat die ersehnte Besserung ein.

Doch zum Aufatmen blieb keine Zeit. Kaum, dass es Franz besser ging, machte ich mir große Sorgen um Tobias. Er wollte nichts mehr essen, nichts mehr trinken und war nur noch müde. Das war so schlimm, dass ihm sogar während er saß, stand oder ging, fast die Augen zufielen. Unser Hausarzt diagnostisierte einen totalen Erschöpfungszustand und wies unser Kind am 1.3.1998 in die Kinderklinik ein. Ich war natürlich als Begleitperson auch dabei, nach dem Motto: „Hier sind wir wieder!" Man führte Tobias' Erschöpfungszustand auf den vier Wochen zurückliegenden Brechdurchfall zurück. Gott sei Dank ging es ihm schon am nächsten Tag viel besser, so dass er am 4.3.1998 die Kinderklinik verlassen konnte.

Kaum zu Hause angekommen, stellte ich einen verdächtigen Hautausschlag bei Daniel fest. Es war nahe liegend, dass es sich um Windpocken handelte, da unsere Kinder diese Kinderkrankheit auch noch nicht durchgemacht hatten. Der Hautarzt bestätigte meine Vermutung. Leider traf es unseren Daniel besonders schwer. Er hatte hohes Fieber und war sehr matt. Außerdem gab es an seinem Körper fast keine Stelle, die vom Hautausschlag nicht betroffen war, angefangen von den Augenlidern, über die Öhrläppchen bis in den Mund. Wenigstens konnte ich Daniel klarmachen, dass er durchs Kratzen Narben zurückbehalten würde. Wie sollte ich das jedoch bei Tobias anstellen, denn es war anzunehmen, dass auch er Windpocken bekommen würde.

Ich sollte Recht behalten, kaum dass es bei Daniel besser wurde, bemerkte ich bei Tobias denselben Hautausschlag um den Bauchnabel. Da er aber eine Windel trug, kam er nicht so leicht an diese Stelle ran. Glücklicherweise breiteten sich die Windpocken bei weitem nicht so aus, als wie es bei Daniel der Fall war, so dass Tobias glimpflich davon kam.

Doch nur wenige Tage später musste ich mir erneut große Sorgen um Tobias machen. Er war stark erkältet und ein furchtbarer Husten quälte ihn. Um unseren Sohn besser beobachten zu können, blieb ich in dieser Nacht bei ihm in seinem Bett. An Schlaf war fast nicht zu denken, Tobias war extrem unruhig und bekam plötzlich hohes Fieber, 40 Grad! Am Morgen rief ich zum dritten Mal innerhalb weniger Wochen unseren Hausarzt an. Er kam sofort vorbei und äußerte den Verdacht auf eine schwere Lungenentzündung. Zum dritten Mal innerhalb weniger Wochen wurden wir am 30.3.1998 in die Kinderklinik eingeliefert. Nach einigen Untersuchungen erhielten wir den Befund. Unser Kind hatte tatsächlich eine Lungenentzündung.

„Ihr Sohn bekommt jetzt mindestens zehn Tage lang morgens und abends Antibiotika über die Vene", erklärte uns der Dienst habende Arzt.

„Na toll!" antwortete ich, mehr blieb dazu wirklich nicht zu sagen. Wieder nahm mein Mann Haushaltshilfe in Anspruch, um bei Daniel zu sein und wieder blieb ich als Begleitperson bei Tobias.

Wir bekamen ein Zweibettzimmer zugewiesen, in dem bereits ein Bett mit einem ebenfalls behinderten Kind belegt war. Auch dessen Mutter war als Begleitperson dabei. Abends stellten wir fest, dass unsere Kinder total unterschiedliche Schlafgewohnheiten hatten. So konnte ihr Kind nur mit Licht und Musik schlafen, wobei mein Junge nur bei Dunkelheit und Ruhe schlief, wie ich übrigens auch. Das kann ja heiter werden, dachte ich für mich! Ich hoffte darauf, dass Tobias trotzdem schlafen würde, schließlich hatte er vergangene Nacht zu Hause, bedingt durch das hohe Fieber, kaum geschlafen. Aber Tobias blickte immer wieder zum Licht und horchte immer wieder auf die Musik. So verbrachten mein Sohn und ich die zweite, weitgehend schlaflose Nacht. Dementsprechend schwierig gestaltete sich der nächste Tag. Tobias war müde, aber gleichzeitig total aufgedreht und natürlich krank. Auch mir fehlten mittlerweile etliche Stunden Schlaf.

Am Abend machte ich meiner „Mitbewohnerin" einen Vorschlag:

„Könnten wir uns darauf einigen, dass heute Nacht m e i n Kind zu seinen Gewohnheiten schläft?" Leider zeigte sie wenig Verständnis und deshalb wandte ich mich an die Schwestern der Station. Eine meinte, dass mir schon bewusst sein müsse, dass ich nicht in einem Hotel wohnen würde, eine andere versprach, sich etwas zu überlegen. Die freundliche Schwester kam kurz darauf mit Bettlaken in unser Zimmer und verhängte damit das Licht. Leider erreichte sie damit nicht den gewünschten Effekt. Das Licht war jetzt zwar etwas gedämpfter, aber es war nicht dunkel im Raum. Außerdem lief die Musik wie gehabt. So verbrachten wir auch die dritte Nacht mit nur wenig Schlaf.

Der folgende Tag war eine einzige Katastrophe. Tobias war trotz seiner Krankheit kaum zu beruhigen und wenn er einmal kurz innehielt, dann sah ich ihm an, wie sehr er mit dem Schlaf kämpfte. Die Oberärztin sah das etwas anders.

„Ich würde für Ihren Sohn ein Beruhigungsmittel empfehlen, das wäre für alle Beteiligten das Beste." Das kam aber für mich überhaupt nicht in Frage.

„Mein Sohn braucht nur ein paar Stunden Schlaf unter einigermaßen normalen Bedingungen." Ich war fest davon überzeugt, denn ich kannte mein Kind schließlich besser. Deshalb ließ ich mich auch nicht überreden.

Am späten Nachmittag kam der Mann meiner Mitbewohnerin zu Besuch. Noch heute ist es mir ein Rätsel, wie es möglich war, dass dieser Mann innerhalb kürzester Zeit die schwierige Situation in Bezug auf Tobias erfasste. Er wurde regelrecht wütend und holte eine Schwester. Er bat nicht, sondern er forderte mit bestimmter Stimme:

„Wenn Tobias kein anderes Zimmer bekommt, nehme ich mein Kind jetzt mit nach Hause, damit Tobias seine Ruhe hat!" Innerhalb einer Stunde hatten mein Sohn und ich ein anderes Zweibettzimmer, noch dazu alleine. An diesem Abend schlief Tobias bereits um 18.00 Uhr ein, schlief ca. dreizehn Stunden durch, machte kurz Frühstück, dann schlief er mit kurzen Pausen mehr oder weniger wieder den ganzen Tag und am Abend ab 19.00 Uhr schlief er wieder bis zum Morgen. Ich konnte es mir nicht verbeißen, die Schwestern darüber auf dem Laufenden zu halten. Damit auch ich etwas zur Ruhe kommen konnte, blieb die nächsten Nächte Franz als Begleitperson in der Klinik. Die folgenden Tage verliefen problemlos. Am 8.4.1998 wurde Tobias aus der Kinderklinik entlassen.

Doch der Horror war noch nicht zu Ende. Wir waren erst ein paar Tage zu Hause, als ein Arzt bei Daniel einen Leistenbruch feststellte. Das war momentan ein großer Schock für uns, denn wir wussten noch vom ersten Mal, was auf uns zukam. Daniel durfte wochenlang nicht stehen und nicht gehen. Wenigstens war Daniel inzwischen alt genug, so dass wir es ihm erklären konnten.

Nach den ganzen Voruntersuchungen u.s.w. wurde Daniel mit seinen erst sechs Jahren am 12.5.1998 zum vierten Mal operiert. Nun hatte ich zwei „Pflegefälle“ zu Hause. Aber irgendwie schaffte ich auch das. Danach hatte ich die Nase gestrichen voll. Seit Monaten hatte ich eine Stresssituation nach der anderen. Dabei habe ich mit Tobias' Pflege und Aufsicht sowieso schon eine Vollzeitbeschäftigung. „Ich mag nicht mehr und ich kann nicht mehr“, ging mir zu dieser Zeit beinahe täglich durch den Kopf. Nervlich ging es mir immer schlechter, ich schluckte Johanniskrauttabletten ohne Ende.

Das einzige, was mich jetzt noch einigermaßen aufrecht hielt, war unsere bevorstehende dreiwöchige Familienkur, die wir für August 1998 genehmigt bekamen. Obwohl es mir schwer fiel, wieder wegfahren zu müssen, mit dem Wissen wieder ständig fremde Menschen um sich zu haben, wusste ich doch, dass ich eine „Auszeit" brauchte. Wir fuhren nach Mardorf am Steinhuder Meer.

Schon die Tatsache, nicht Kochen und Putzen zu müssen, war eine große Entlastung für mich. Hinzu kam die stundenweise Kinderbetreuung, vormittags und nachmittags, die mir sehr wichtig war. Außerdem gab es etliche Angebote an sportlichen Aktivitäten. So konnte ich abschalten und nach drei schweren Jahren einfach nur an mich denken. Das Schönste aber war, dass ich trotzdem meine Familie um mich hatte, denn alleine würde es mir nirgendwo gefallen.

Bereits nach einer Woche Aufenthalt beantragte die Ärztin, mit unserem Einverständnis, eine Verlängerung des Kuraufenthalts um eine Woche. Diese wurde von unserer Krankenkasse auch genehmigt, so dass wir vier Wochen in Mardorf bleiben konnten. Für uns wurde es insgesamt ein schöner und erholsamer Aufenthalt. Oft saßen wir abends noch in einer netten Runde im Garten zusammen. Franz und ich hatten unser Babyphon dabei, so dass wir Tobias überwachen konnten. Wir unterhielten uns über unsere Sorgenkinder und tauschten Erfahrungen aus. Dabei erfuhren wir so manche Neuigkeiten. Wir hatten z. B. noch nie etwas vom

„Familienentlasteten Dienst“ gehört, den anscheinend alle in Anspruch nahmen, nur wir nicht.
Darüber wollte ich Näheres erfahren, deshalb fragte ich nach.
Ein Kurgast erklärte es mir so:

„Der Familienentlastende Dienst besteht aus Mitarbeitern, die sich um Familien mit behinderten Kindern kümmern. Die Hilfe besteht darin, dass sie meistens das behinderte Kind abholen, um etwas zu unternehmen, so dass die Familie, bzw. die Pflegeperson Zeit für sich hat. Dies zahlt bis zu hundert Stunden im Jahr die Krankenkasse.“

Das hörte sich aber gut an! Ich nahm mir vor, sobald ich wieder zu Hause war, mich darüber zu informieren. Neben diesen Gesprächsrunden genossen wir besonders das Mittagessen in Form eines Buffets, das wir ohne die Kinder einnehmen konnten. Selten haben wir in den letzten Jahren so oft warm und in Ruhe gegessen. Danach holten wir unsere Kinder ab und halfen ihnen beim Essen, wenn es nötig war. Frühstück und Abendessen war für Eltern und Kinder gemeinsam. Nachmittags gab es Kaffee und Kuchen. Auch dieses Angebot nahmen Franz und ich ausgiebig in Anspruch. Nebenbei bemerkt, habe ich während des Kuraufenthalts drei Kilo zugenommen.

Selbst Daniel genoss diese Art von Urlaub. Er kannte ja nichts anderes. Tagsüber hielt er sich meistens in der Kinderbetreuung auf, die nach Alter und Fähigkeiten aufgeteilt war. Es wurde gebastelt, gespielt und gewandert.

Auch Ausflüge, Baden und Kegeln standen auf dem Programm. Für Daniel war der Umgang mit kranken und behinderten Kindern zwischenzeitlich Routine und somit nichts Besonderes.

Das änderte sich, als Daniel im September 1998 zur Schule kam. Da wir in einem kleinen Dorf wohnen und Daniel in einem kleinen Nachbardorf zur Schule ging, war „unsere Geschichte" relativ bekannt. Es verging kaum ein Tag, an dem nicht irgendein Mitschüler oder eine Mitschülerin über seinen „blöden" Bruder lästerte. Da Daniel noch etwas stotterte, war „Stotterapparat" ein viel gebrauchter „Kosename."

Bei Meinungsverschiedenheiten gehörten Argumente wie: „Du bist ja noch behinderter als dein Bruder!", auch dazu. Daniel traf dies alles jedes Mal wie ein Schlag, denn es ist schon schlimm genug, von heute auf morgen keinen „normalen" Bruder mehr zu haben, aber dafür auch noch gehänselt zu werden, ging über sein kindliches Verständnis hinaus. Den Spruch: „Kinder können grausam sein", hat Daniel zu genüge erlebt. Da er sich mit Worten schlecht wehren konnte, wurde er manchmal regelrecht aggressiv und machte sich dadurch noch unbeliebter. Das war natürlich der falsche Weg, aber wie soll man einem Kind beibringen, fair zu sein, wenn es selbst keine Fairness erfährt? Denn es ist nicht fair, einem ständig den kranken und behinderten Bruder vorzuhalten. Er kann doch nichts dafür, dass Tobias so krank wurde, dass er seitdem behindert ist! Im Gegenteil: Hätte nicht gerade er es verdient, mehr Freundlichkeit und Verständnis zu erfahren?

Es dauerte lange, bis Daniel damit zu Recht kam, aber er schaffte es. Inzwischen bewertet er die Lästereien als kindliche Dummheit und übergeht es. Daniel ist trotz allem ein humorvoller und hilfsbereiter Junge, der weiß, worauf es ankommt.

Inzwischen hatte ich mich nach dem Familienentlastenden Dienst erkundigt. Den gab es tatsächlich auch in unserer Nähe – in Regensburg. Ich rief dort an und man versprach mir einen Mitarbeiter vorbeizuschicken. So lernte ich Herrn Klein kennen, ein junger Mann, der von Anfang an vertrauenserweckend und sympathisch war.

Nachdem ich ihm „unsere Geschichte" erzählt hatte, wollte er alles wissen, was im Umgang mit Tobias wichtig ist. Dann überlegten wir, was er mit ihm unternehmen konnte.

„Leider sind die Möglichkeiten sehr begrenzt", gab ich zu bedenken, „aber ins Schwimmbad mag unser Sohn gerne." „Das probieren wir einfach aus", meinte Herr Klein. Wir vereinbarten, dass er Tobias einmal pro Woche, jeweils donnerstags, für drei Stunden abholt. (Natürlich gibt es auch Ausnahmen, z.B. wenn Tobias oder Herr Klein krank sind u.s.w.) Als Herr Klein ihn das erste Mal mitnahm, hatte ich schon ein komisches Gefühl. Es ist ja nicht gerade alltäglich, dass man sein Kind einem eigentlich fremden Menschen mitgibt. Deshalb sparte ich auch nicht mit gut gemeinten Ratschlägen:

„Passen Sie auf, wenn Sie die Autotüre zuschlagen, weil Tobias oft die Hand dazwischen hat! Lassen Sie ihn auf der Straße nicht aus den Augen, er würde blindlings in ein Auto laufen! Vergessen Sie nicht, ihm Schwimmflügel anzulegen", und und und..

Doch ich brauchte mir im Grunde keine Sorgen um unser Kind machen, denn Herr Klein konnte wunderbar mit Tobias umgehen. Auch Daniel fuhr oft mit Herrn Klein mit, so dass ich einen kinderfreien Nachmittag hatte.

Im Vergleich zu 1998 begann das Jahr 1999 für mich etwas positiver. Ich freundete mich mit Gabi an, die mir zwar schon längere Zeit bekannt war, aber nur flüchtig, obwohl wir nur wenige Häuser voneinander entfernt wohnten. Schnell stellten wir fest, dass wir die gleiche „Wellenlänge" hatten. Wir verstanden uns bestens, manchmal sogar ohne Worte. Es war, als hätten wir uns gesucht und gefunden. In diesem ersten Jahr unserer Freundschaft habe ich so viele Tränen gelacht, wie ich all die Jahre vorher Tränen geweint habe. Ja, meine Freundin Gabi und ich hatten sehr viel Spaß miteinander, auch bedingt dadurch, dass wir b e i d e nicht gerade schüchtern sind. Wir haben zusammen gelacht, gescherzt und Karten gespielt. Wir gingen Essen, Shoppen und fast jeder Tag begann mit einem gemeinsamen Frühstück. Zum ersten Mal seit Jahren war es nicht schlimm, morgens aufzuwachen.

Auch Daniel schloss in diesem Jahr eine enge Freundschaft - mit einem jungen, pechschwarzen Hund. Schon lange hatte er sich ein Haustier gewünscht, mit dem er sich in seiner Freizeit beschäftigen konnte.

„Mami, Papi, ich kann doch mit meinem Bruder auch nicht so richtig spielen!", argumentierte er. Naja, irgendwie hatte er schon Recht. Über die Tierhilfe bekamen wir einen kleinen Mischlingshund, den Daniel auf den Namen Rex taufte. Liebevoll kümmert sich unser jüngerer Sohn seitdem um ihn. Rex dankt es ihm mit großer Anhänglichkeit.

Im August 2000 bekamen wir zum zweiten Mal eine Familienkur genehmigt. Diesmal fuhren wir nach Bayerbach, nur eineinhalb Stunden Autofahrt von uns entfernt. Da wir sozusagen ein Härtefall waren, bekamen wir sogar am Wochenende eine Betreuung für unser Kind. Alles in allem war es auch diesmal wieder ein schöner und erholsamer Kuraufenthalt. Man soll ja nicht undankbar sein, aber was sind schon drei Wochen Kuraufenthalt, wenn ein Jahr zweiundfünfzig Wochen hat? Irgendwie waren Alltag, Frust und Stress viel zu schnell wieder da. Dies wurde auch noch dadurch verstärkt, weil wir bei Tobias kein „Erfolgserlebnis" mehr verzeichnen konnten.

Unser Sohn war inzwischen zehn Jahre alt. Doch nach wie vor muss er gewickelt werden, eine leichte Spastik im linken Arm ist geblieben, er sagt Mama und Papa, ansonsten lautiert er nur und seine Augen gebraucht er bloß, wenn es für ihn interessant ist. Anfälle hat er zurzeit ca. einen pro Monat. Körperlich ist Tobias altersgemäß groß und schwer geworden, aber seine geistige Entwicklung lässt zu wünschen übrig. Er hat bis jetzt keinerlei Sprachverständnis entwickelt, das bedeutet, dass er weder versteht was ich sage, geschweige denn, dass er sich nach dem richtet was ich sage. Er merkt zwar, wenn ich lauter werde, dass etwas nicht stimmt, aber das ist ihm meistens auch egal.

Gerade in solchen Situationen denke ich oft an einen Vormittag als Tobias ungefähr vier Jahre alt und noch gesund war. Mir fiel mein Schwingabfalleimer in der Küche aus der Halterung. Nachdem ich die Sachlage begutachtet hatte, dachte ich, dass es gar nicht so schwierig sein könnte, den Abfalleimer wieder zu befestigen. Aber ich schaffte es nicht. Nachdem mich Tobias schon eine Weile beobachtet hatte, fragte er:

„Mama, soll ich den Abfalleimer „richten?“ „Das wäre super“, antwortete ich und ließ ihn gewähren. Er „arbeitete“ und „arbeitete.“ Tatsächlich brachte er es fertig den Abfalleimer wieder zu befestigen. Noch heute ist er genauso angebracht, wie Tobias ihn „repariert“ hat.

Als man mir in der Blindenschule den Vorschlag machte, unseren Jungen in die Tagesstätte aufzunehmen, war ich zuerst strikt dagegen, denn er sollte wie ein gesundes Kind mittags von der Schule nach Hause kommen. Die Tagesstätte aber würde bedeuten, dass Tobias das Mittagessen in der Blindenschule einnimmt und am Nachmittag gegen 16.00 Uhr nach Hause kommt. Erst als mir bewusst wurde, dass selbst gesunde Kinder Nachmittagsunterricht haben, freundete ich mich mit dem Gedanken an.

„Wir können es ja für einen Tag pro Woche versuchen“, schlug ich vor. „Selbstverständlich können wir es wieder rückgängig machen, sollte es aus irgendeinen Grund nicht klappen“, versicherte man mir in der Blindenschule.

Ab September 2000 war es soweit. Tobias kam nun jeden Dienstag um 16.00 Uhr heim. Anschließend betreute meine Schwiegermutter Tobias noch bis 17.00 Uhr. Sehr schnell fand ich Gefallen an dieser „Auszeit.“ Das lag natürlich auch daran, dass meine Nerven mittlerweile nicht mehr die besten waren und ich teilweise zu depressiven Phasen neigte.

Besonders schlimm war es in den Ferien, wenn Tobias von morgens bis abends zu Hause war. Nach wie vor war es seine Lieblingsbeschäftigung Türen auf und zu zuschlagen. Obwohl er inzwischen ein Beruhigungsmittel bekam, brachte es nicht den gewünschten Erfolg. Natürlich unterstützte mich mein Mann, sofern er Urlaub hatte und wie immer war mir meine Schwiegermutter eine große Hilfe. Sie nahm Tobias zu den eineinhalb Stunden am Nachmittag, noch zusätzlich für eine Stunde am Vormittag. Nun war meine Schwiegermutter schon fast siebzig Jahre und hatte teilweise mehr Geduld für Tobias als ich.

Am 21.August 2001, genau an meinem vierzigsten Geburtstag, brachte meine Freundin Gabi einen Sohn zur Welt. Ein süßes Kerlchen, an dem ich meine Freude hatte. Seit Tobias' Erkrankung war der kleine Michael neben meiner Freundin Gabi ein weiterer Lichtblick in meinem Leben. Wie seine Mami konnte er einen jederzeit zum Lachen bringen. Trotzdem denke ich oft darüber nach, wie es sein wird, wenn Mi (ich nannte ihn Mi statt Michael, weil er zu mir auch nur Be statt Petra sagte) viereinhalb Jahre sein wird, das Alter, in dem Tobias erkrankt war. Noch weiß ich nicht, ob und wie ich damit umgehen kann. Wird es mich zermürben, wenn ich vergleiche?

Ab September 2001 ging Tobias für zwei Tage pro Woche in die Tagesstätte der Blindenschule. Da sich ein Tag in der Blindenschule abwechslungsreicher gestaltete als ein Tag zu Hause, gefiel es unserem Kind recht gut. Wenn Tobias eine Beschäftigung hatte, die ihm zusagte, war er teilweise gut zu haben.

Natürlich war unser Sohn für die Betreuer trotzdem schwierig, denn er braucht eine Aufsichtsperson für sich alleine. Aber z. B. Kerstin, Eva, Christine, Anita und und und... kümmern sich abwechselnd liebevoll um ihn.

Von Januar 2002 an, setzten wir einen, schon längere Zeit gehegten Plan, in die Tat um. Mein Mann und ich beschlossen, unsere Sonntage getrennt zu verbringen. Das bedeutete, dass einer einen Sonntag mit den Kindern und den nächsten Sonntag ohne die Kinder verbringen würde. Wir versprachen uns dadurch, dass sich jeder für sich wieder etwas mehr am Leben beteiligen kann.

Bei meinem Mann klappte es ganz gut. Mit seinem Motorradfreund Peter war er an seinem „freien Tag" auf Tour. Bei mir änderte sich nicht viel. Bis auf ein paar Ausnahmen verbrachte ich die Sonntage wie bisher - bei meinem Schwager Fritz, nur dass jetzt mein Mann nicht mehr dabei war.

Die einzige Abwechslung bestand darin, dass ich einen Sonntag mit den Kindern und den anderen Sonntag ohne die Kinder kam. All die Jahre war Fritz einer der wenigen, zu dem wir immer und jederzeit kommen konnten. Dazu muss ich erklären, dass seine Frau (meine Zwillingsschwester Jutta) sonntags in der Gastronomie arbeitet und Fritz dadurch mit seinen Kindern, Melanie und Sandra, alleine war. All die Jahre wurde es Fritz nicht zu viel, dass er wegen Tobias alle Räume zusperren musste, dass Tobias Tee verschüttete und dass es wegen Tobias manchmal recht unruhig und laut war. Selbst wenn Fritz einmal eine Sportsendung ansehen wollte, oder einfach nur seine Ruhe haben wollte - er ließ es sich nie anmerken. Das erfuhr ich oft erst hinterher. Sprach ich ihn darauf an sagte er nur:

„Kein Problem, es war nicht wirklich wichtig!" Ja, so ist Fritz - seit unser Sohn krank ist, seit mittlerweile sieben Jahren, steht seine Türe für uns immer offen.

Gelegentlich springen schon mal Barbara und Matthäus ein, sie wohnen Fritz gegenüber. Auch bei ihnen wissen wir, dass wir jederzeit kommen können. Eine Tasse Kaffee ist immer da. In diesem Zusammenhang möchte ich noch eine weitere Freundin, Tini, erwähnen, denn auch Tini hatte und hat immer ein offenes Ohr für mich.

In diesem „Schuljahr" bereitete der Religionslehrer der Blindenschule, Herr Dobner, in einem liebevoll gestalteten „Religionsunterricht" einige Kinder auf ihren großen Tag vor, auf die 1. Hl. Kommunion am 23. Juni 2002. Auch Tobias hatten wir hierfür angemeldet, obwohl wir große Bedenken, allein schon wegen des Gottesdienstes, hatten. Unser Sohn wird niemals so lange zumindest einigermaßen ruhig bleiben! Ich äußerte meine Bedenken, aber Herr Dobner versuchte mich zu beruhigen.

„Tobias macht das sehr gut, Sie können sich selbst davon überzeugen, nehmen Sie doch einfach einmal am Unterricht teil."

Gerne kam ich dieser Aufforderung nach. Ich war wirklich angenehm überrascht, was ich da sah! So kannte ich mein Kind gar nicht! Interessiert verfolgte er im Buggy sitzend das Geschehen. Am meisten faszinierte mich, als Tobias ganz allein eine brennende Kerze in den Händen hielt. Wenn ich es nicht selbst gesehen hätte, würde ich es gar nicht glauben. Gerade er, der alles in den Mund nahm, was er in die Hände bekam, der alles fallen ließ, wenn es ihn nicht mehr interessierte, hielt fast andächtig eine brennende Kerze in den Händen!

Herr Dobner erklärte mir, dass es gerade für ein Kind wie Tobias sehr wichtig ist, dass alles immer nach dem gleichen Schema abläuft. „Teilweise kann man erkennen, dass Tobias den Ablauf weiß, beispielsweise beginnt er manchmal zum richtigen Zeitpunkt ein Lied zu lautieren. Natürlich ist es schwer abzuschätzen, was und wie viel ein Kind wirklich aufnimmt, aber oft ist es mehr, als man meint.“ In Bezug auf den Gottesdienst erklärte mir Herr Dobner noch, dass jeder, der diesen Gottesdienst am Tage der Kommunion besucht, weiß, dass dies keine gesunden Kinder sind. Wenn wirklich nicht alles so perfekt ablaufen sollte, ist das auch kein Problem. Irgendwie hat er schon Recht!

Dennoch ging es mir an diesem Tag gar nicht gut. Ich war furchtbar nervös, weil ich schlecht abschätzen konnte, wie Tobias sich tatsächlich verhalten würde, ich war gestresst, weil ich wusste, dass ich nachmittags Gäste bekam und ich war tieftraurig, weil mir gerade an diesem Tag wieder bewusst wurde, wie krank Tobias eigentlich ist.

Während des Gottesdienstes kümmerte sich Herr Dobner liebevoll um unseren Jungen. Tatsächlich klappte es ganz gut und Tobias erhielt seine 1. Hl. Kommunion.

Tobias 11 Jahre

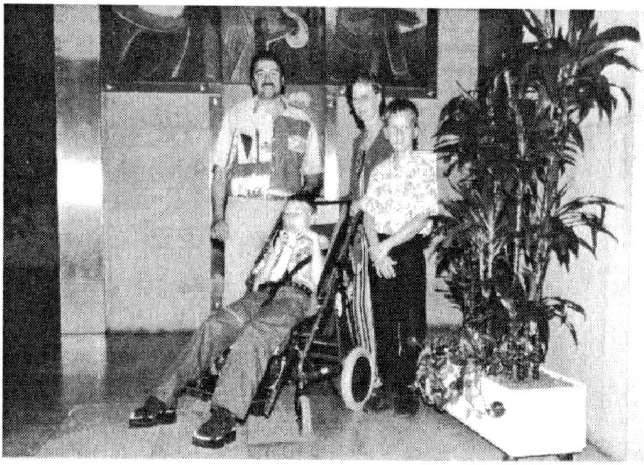

Tobias Kommunion

Für August 2002 beantragte ich wieder eine Familienkur. Nach zwei langen Jahren hätte ich es bitter nötig gehabt. Es wurde abgelehnt. Geschäftsmäßig wurde mir erklärt, dass man gesetzlich nur alle vier Jahre Anspruch auf einen Kuraufenthalt hat.

Ab September 2002 ging Tobias für vier Tage pro Woche bis 15.30 Uhr in die Tagesstätte der Blindenschule, Montag, Dienstag, Mittwoch und Freitag. Am Donnerstag kam unser Kind wie gewohnt um 13.00 Uhr nach Hause. Wir wollten ihm seinen Badetag mit Herrn Klein vom Familienentlastenden Dienst erhalten, denn Tobias hatte viel Spaß beim Baden.

Das war mit ein Grund, warum wir uns in Florida zur Delfintherapie angemeldet haben. Zwar wussten wir, dass wir unter Umständen Jahre auf einen Aufnahmetermin warten müssen, aber wir waren beide einer Meinung: „Besser später als nie!“ Da wir mit Tobias keinerlei Probleme im Wasser hatten, versprachen wir uns sehr viel davon. Der Kontakt zu den Tieren könnte Blockaden lösen.

Obwohl es Tausende an Euro kostet, von dem die Krankenkasse nichts bezahlt, wollten wir nichts unversucht lassen. Zu sagen: „Es hat nichts oder nicht viel gebracht“, ist leichter als später sagen zu müssen: „Vielleicht hätte es etwas gebracht, wenn wir es versucht hätten.“ Nein, ich könnte nicht damit leben, wenn ich mir vorwerfen müsste, irgendeine Möglichkeit ausgelassen zu haben, die Tobias vielleicht geholfen hätte. Leider warten wir seit Jahren vergeblich auf eine Zusage.

Nach ca. zwei Jahren fragte ich telefonisch bei dolphin aid, dessen deutscher Hauptsitz in Düssel-

dorf ist, nach. Ich wollte wissen, wie lange wir noch warten müssen. Ich bekam nur eine dürftige Auskunft: „Wir können hier nichts machen. Wann und wer aufgenommen wird, entscheidet der zuständige Arzt und Therapeut vor Ort in Florida." Das ist nun schon wieder zwei Jahre her!
Inzwischen wurde in Deutschland - in Nürnberg, eine vergleichbare Therapie angeboten. Auch hier arbeitet man mit Delfinen. Umgehend meldete ich Tobias an. Für uns wäre es bedeutend billiger und von der Anreise her einfacher. Wir bekamen nie eine Antwort.

Doch man soll ja nie aufgeben! Eines Tages hörte ich von einer Reittherapie, die sich speziell mit behinderten Kindern befasst. Da dies ganz in unserer Nähe war, rief ich dort an. Wir vereinbarten einen Gesprächstermin, bei dem auch Tobias dabei sein sollte. Wir einigten uns darauf, einen Versuch zu wagen, obwohl uns bewusst war, dass unser Junge eigentlich nicht sitzen bleibt. Mit zirka dreißig Euro pro Reitstunde, die wir vorläufig auch selbst bezahlen mussten, waren wir dabei. Hinzu kam, dass wir natürlich unseren jüngeren Sohn nicht zusehen lassen konnten, wenn Tobias auf einem Pferd sitzt. Deshalb bekam Daniel zeitgleich Reitunterricht, was ihm sehr viel Spaß machte. Leider gestaltete sich eine Reitstunde mit Tobias sehr anstrengend, da unser Kind, wie wir es vorausgesehen haben, immer wieder absteigen wollte, obwohl er sichtlich Gefallen am Reiten fand. Deshalb wollte die Therapeutin, dass mein Mann bei der Reittherapie dabei blieb, damit er Tobias immer wieder auf das Pferd setzen konnte. Dadurch aber wurde Tobias, der besonders auf seinen Papa fixiert war, sehr abgelenkt. Unter bestimmten Voraussetzungen zahlt die Krankenkasse manchmal eine solche Therapie. Deshalb sollten wir unter anderem einen Therapieplan vorlegen, den ich auch nach mehreren telefonischen Nachfragen auf dem Reiterhof bis heute nicht erhalten habe. Ich denke, dass ihnen Tobias zu anstrengend war. So hatte sich die Reittherapie nach ungefähr fünf Reitstunden wieder erledigt.

Neben dem Pflegegeld - wir bekommen für unseren Sohn Pflegestufe drei - erhalten wir auch Blindengeld. Außerdem haben wir Anspruch auf Verhinderungspflege und Kurzzeitpflege.

Die Verhinderungspflege nutzen wir durch den Familienentlastenden Dienst. Bei der Kurzzeitpflege gilt folgende Regelung: Um Kurzzeitpflege beanspruchen zu können, muss man die Pflegeperson für kurze Zeit in eine von der Krankenkasse anerkannte Kurzzeitpflegeeinrichtung geben, für diesen Aufenthalt übernimmt die Krankenkasse die Kosten. So weit, so gut! Einmal ein paar Tage Urlaub, einmal eine Familienfeier ohne Stress, oder einfach einmal nur Ruhe, Ruhe, Ruhe! Nachdem wir lange hin und her überlegt haben, ob wir wagen sollen, unser Kind in einer fremden Umgebung fremden Menschen zu überlassen, kamen Franz und ich zu dem Entschluss, es einfach einmal auszuprobieren.

Wir fanden eine Einrichtung in der Gegend von St. Englmar - in Viechtach.
Bereits am Telefon schilderte ich die Schwierigkeiten mit unserem Jungen.

„Tobias braucht eine Aufsichtsperson für sich alleine, denn man kann ihn keine Minute aus den Augen lassen. Wenn das nicht gegeben ist, müssen wir es sein lassen.“

„Da in unserem Haus höchstens vier Kinder gleichzeitig aufgenommen werden, sehe ich kein so großes Problem“, bekam ich zur Antwort.

Wir vereinbarten ein „Probewochenende“, bei dem Franz und ich in der Gegend bleiben wollten, so dass wir jederzeit einspringen konnten. Die Einrichtung war etwa eine Stunde Autofahrt von uns entfernt. Als wir dort ankamen, fiel uns sofort positiv auf, dass ein großer, rundherum abgeriegelter Garten dabei war. Ein idealer Aufenthaltsort für Tobias! Nachdem wir alle wichtigen Informationen, z. B. Medikamenteneinnahme, Handynummer u.s.w., ausgetauscht hatten, verabschiedeten wir uns. Für uns wäre es ein wunderschönes Wochenende geworden, wenn wir es geschafft hätten, unsere Gedanken an unseren Sohn zu verdrängen. Außerdem waren wir es nicht mehr gewohnt, nur für uns selbst da zu sein.

Trotzdem konnten wir dieses Wochenende als Erfolg betrachten, denn Tobias kam gut mit der Situation zurecht. Aber man sah ihm seine Freude deutlich an, als wir ihn wieder abholten. Er griff ständig mit beiden Händen nach seiner Mama und seinem Papa, so als wollte er sich immer wieder vergewissern, dass wir wirklich da sind. Natürlich stand außer Frage, dass der Umgang mit unserem Kind schwierig war, doch gerade deswegen wollte man uns nicht im Stich lassen und man sicherte uns zu, Tobias wieder aufzunehmen, aber nur, wenn das Haus nicht voll belegt war.

Nur wenige Wochen später, nutzten wir dieses Angebot noch einmal. Dieses Mal fiel es uns nicht ganz so schwer wie das erste Mal. Es war abgesprochen, dass Tobias für fünf Tage in der Einrichtung blieb, sofern es keine Probleme gab. Wir hatten nichts Großartiges geplant, so dass wir telefonisch erreichbar waren und unseren Jungen gegebenenfalls jederzeit wieder abholen konnten.

Mein Mann und ich fingen langsam an, die neue „Variante“ in unserem Leben zu genießen. Doch kaum, dass sie begonnen hat, war sie auch schon wieder zu Ende. Schriftlich wurde uns mitgeteilt, dass die Kurzzeitpflegeeinrichtung für behinderte Kinder in wenigen Wochen schließen würde, weil „es sich nicht trägt". Doch erst später wurde mir die ganze Tragweite dieses Briefes bewusst, nämlich dann, als ich verzweifelt versuchte, eine andere Einrichtung zu finden. Weit und breit gab es keine vergleichbare Einrichtung, denn alle anderen anerkannten Kurzzeitpflegeeinrichtungen waren Seniorenheime. Was sollte ich mit meinem zwölfjährigen Sohn in einem Altenheim? Wer hatte da Zeit sich nur um ihn zu kümmern? Ich konnte nur eine einzige Einrichtung ausfindig machen, das kein Seniorenheim war, aber während einer telefonischen Anfrage erfuhr ich, dass diese erst Jugendliche ab achtzehn Jahren aufnimmt. Darauf muss ich noch ein paar Jährchen warten!

Zwischenzeitlich bot man uns von der Blindenschule an, Tobias in den Ferienzeiten für ein paar Tage in die Ferienbetreuung zu geben. Das war natürlich optimal, denn Tobias war den Betreuern vertraut - und umgekehrt. Doch es gab ein großes Problem, denn die Blindenschule war keine anerkannte Kurzzeitpflegeeinrichtung, deshalb konnten wir das Kurzzeitpflegegeld dafür nicht beanspruchen. Da die Pflegesätze aber extrem hoch waren, war es uferlos, es aus eigener Tasche zu bezahlen. Für dieses Geld könnten wir Tobias samt Bodyguard mit in den Urlaub nehmen.

Ich telefonierte und telefonierte, mit unserer Krankenkasse, mit unserer Pflegekasse - es war nichts zu machen. Erst nachdem ich unseren Fall schriftlich dem Bezirk Oberpfalz schilderte, hatte ich Erfolg. Diese übernehmen in Ausnahmefällen die Kosten. Wir sind ein Ausnahmefall! So konnten wir unseren Sohn bereits mehrmals in die Ferienbetreuung der Blindenschule geben. Für die Ferienbetreuungen hat die Blindenschule großzügige Räumlichkeiten in Regensburg.

Einige Möglichkeiten einer „Auszeit“ bietet der VdK an. Z. B. erhält man auf verschiedenen Seminaren interessante und wichtige Informationen. In dieser Zeit werden die Kinder von geschultem Personal betreut. Schon mehrere Male nutzten wir solche Angebote, welche meistens von freitagnachmittags bis Sonntagmittag dauerten. Am besten gefiel uns jedoch die „Familienfreizeit“. Da konnten wir tun und lassen was wir wollten, während die Kinder betreut wurden. Falls es ein Problem gab, waren wir trotzdem in der Nähe. Abends saßen wir meistens noch in einer gemütlichen Runde zusammen. Ein solches Wochenende war hauptsächlich zur Erholung für die Pflegepersonen gedacht. Leider war die Nachfrage nicht so groß - was ich nie verstehen werde - deshalb wird es nicht mehr angeboten.

Weitere Möglichkeiten einer „Auszeit“ bietet auch der Familienentlastende Dienst (Caritasverband) an. Tagesausflüge und Ferienbetreuungen für behinderte Kinder stehen mehrmals im Jahr auf dem Programm. Diese Angebote nehmen wir für Tobias besonders gerne in Anspruch, da ihn Herr Klein vom Familienentlastenden Dienst, auf den wir uns hundertprozentig verlassen können, begleitet.

Tobias 12 Jahre

Tobias 13 Jahre

Ende des Jahres 2002 mussten wir einen großen Rückschlag einstecken. Tobias' Anfälle begannen sich wieder zu häufen. Allein im Monat Dezember hatte Tobias zehn Anfälle, zwar „nur" Blickanfälle, aber es waren eben Anfälle. Schon der Gedanke, dass sich die Anfälle Monat für Monat wieder steigern würden, wie im Jahre 1996, so dass es keinen anderen Ausweg gibt, als wieder nach Bethel zu fahren, machte mich fix und fertig. Hinzu kam, dass Weihnachtszeit und Ferienzeit war. Außerdem musste meine Schwiegermutter, meine große Hilfe, ins Krankenhaus.

Meine Schwiegermutter war in einem Zweibettzimmer untergebracht. Mit ihrer Bettnachbarin verstand sie sich recht gut, wobei es nicht ausblieb, dass sie ihr „unsere Geschichte“ erzählte.

Ihre Bettnachbarin empfahl, dass ich mich an Alfons Sonnleitner wenden sollte. Dieser könnte uns vielleicht helfen. Nach einigem Zögern rief ich bei ihm an. In einer kurzen Zusammenfassung schilderte ich ihm Tobias’ Krankheitsverlauf.

Er wiederum empfahl mir, dass ich mich an Hans Daller in Amberg wenden sollte. Hr. Sonnleitner versprach, sich mit ihm in Verbindung zu setzen. Er wollte veranlassen, dass Hr. Daller mich anruft. Bereits am nächsten Tag rief dieser zurück. Wieder erzählte ich in einer kurzen Zusammenfassung Tobias’ Krankheitsverlauf.

Wir vereinbarten, uns am 2. Januar 2003 mit Tobias bei ihm in Amberg zu treffen. Ich hatte keine Ahnung, wie er uns helfen wollte oder konnte, aber es war mir zu der Zeit fast egal. Ich war nervlich an einem Tiefpunkt angelangt. In einer solchen Verfassung genügte es mir schon, wenn sich jemand mit unserem Fall befasste.

Je näher der Tag kam, desto gespannter waren wir, was uns erwarten würde. Endlich war es soweit. Der erste Eindruck war sehr positiv. Hans Daller wirkte sympathisch und vertrauenserweckend.

Durch Tobias' Anwesenheit gestaltete es sich jedoch schwierig, ein halbwegs vernünftiges Gespräch zu führen. Im Grunde wussten wir nach unserem Besuch nur, dass er durch „Handauflegung" Energie einfließen lässt. Das klang zwar interessant, war aber für uns nicht wirklich nachvollziehbar.

Wir erfuhren, dass die Methode, mit welcher Hr. Daller arbeitet, „Reiki" genannt wird. Aber auch das sagte uns nicht sonderlich viel, denn wir hatten noch nie etwas davon gehört. Wir sahen nur, dass er bei Tobias, der relativ unruhig im Buggy saß, die Hände auflegte.

Minutenlang verhielt sich Tobias plötzlich total ruhig. Ob, und wenn ja, was dadurch bei unserem Kind angekommen ist - Tobias kann es uns leider nicht sagen.

Natürlich sah Hr. Daller mir an, dass ich nervlich sehr angeschlagen war.

„Ich will nicht versuchen Sie zu überreden, aber ich denke, es würde auch Ihnen gut tun!", meinte er zu mir gewandt.

Obwohl ich ein sehr realistischer Mensch bin, oder vielleicht gerade deswegen, sagte ich zu. Außerdem war ich neugierig geworden. Hr. Daller erklärte mir, dass ich ungefähr vier- bis fünfmal kommen müsste, damit es eine Wirkung zeigt.

Bereits in der darauffolgenden Woche, am 8. Januar 2003 hatten wir wieder einen Termin, zuerst unser Sohn, dann ich. Als ich feststellte, dass ich mich auf eine Liege legen sollte, hatte ich eigentlich die Nase schon gestrichen voll, denn das mag ich nicht. Aber nach dem Motto „wer A sagt, muss auch B sagen,“ machte ich keinen Rückzieher.

Wie ich diese dreißig bis fünfundvierzig Minuten erlebte - ich hatte kein Zeitgefühl – ist nicht so einfach zu erklären. Zuerst meinte ich, keine Luft mehr zu bekommen. Nachdem sich das gelegt hatte, wurde es mir angenehm warm. Dann begannen meine Augenlider zu vibrieren und später meine Füße zu zucken. Salopp ausgedrückt, kam es mir vor, als wenn ich an einer Steckdose angeschlossen wäre. Außerdem begleitete mich das Gefühl einer Art Schwerelosigkeit.
Ich will damit nicht sagen, dass es mir auf einen Schlag besser ging, aber ich war zumindest beeindruckt.

Nach einigen Terminen bei Hr. Daller ging es mir tatsächlich bedeutend besser. War es Zufall? Oder lag es daran, dass die Ferien zu Ende waren und ich wieder mehr Zeit für mich hatte? Oder lag es an „Reiki“?

In dieser Zeit stellte ich fest, dass Daniel plötzlich mehrmals täglich mit dem Kopf zuckte und das ziemlich auffallend. Ich sprach Daniel darauf an und er gestand mir, dass er es selbst auch schon bemerkt hätte. Ich wandte mich an Hrn. Daller. Er wollte versuchen, unserem jüngeren Sohn zu helfen. Daniel war dreimal bei ihm - seitdem habe ich es nie mehr gesehen. Daniel sagt zwar, dass er es manchmal noch merkt, aber wie gesagt, ich habe es nie mehr gesehen. War es Zufall? Oder lag es daran, dass Daniel sich bemüht es zu vermeiden, weil er sich beobachtet fühlt? Oder lag es an „Reiki"?

Jeder Termin, den wir mit Tobias in Amberg hatten, war furchtbar aufregend. Es waren meistens nur wenige Minuten, in denen sich unser Sohn ruhig verhielt. Eines Tages hatte mein Mann eine Idee und fragte Herrn Daller:

„Wäre es nicht sinnvoller, wenn Tobias zu diesem Zeitpunkt schlafen würde?" „Die Idee ist nicht schlecht", antwortete er. So kamen wir überein, dass Herr Daller zirka alle zwei Wochen zu uns nach Hause kommt, abends, wenn Tobias schläft. Das funktionierte auch ganz gut.

Im Laufe des Jahres überraschte uns Tobias mit vielen Kleinigkeiten. Er zeigte längere Spielphasen, ahmt vieles nach und er lautiert sehr viel. Mein schönstes Erlebnis war, als ich zu Tobias sagte:

„Hei, Tobi!" Worauf er mir ganz klar und deutlich zur Antwort gab;

„Hei!“ War es Zufall?
Oder zeigte sich nach langer Zeit endlich wieder ein kleiner Fortschritt? Oder lag es an „Reiki“?
Ich weiß nicht, ob es unserem Kind irgendwann hilft, ich weiß nur, eben aus eigener Erfahrung, dass es etwas gibt, das man nicht so einfach erklären kann.

Gleichzeitig stiegen im Laufe des Jahres 2003 Tobias’ Anfälle immer weiter an. Bis März waren es zehn Anfälle pro Monat, bis Juni waren es bereits zwanzig Anfälle pro Monat und bis September waren es vierzig Anfälle pro Monat. Seit Oktober 2003 hat unser Sohn durchschnittlich fünfzig Anfälle pro Monat. Das Schlimmste daran ist, dass es nicht bei Blickanfällen geblieben ist. Die Anfälle werden immer stärker und dauern immer länger. Nun sind auch schon die ersten Sturzanfälle aufgetreten.

Seit Monaten versucht der zuständige Arzt des Kinderzentrums (Frau Dr. Rinnert ist zwischenzeitlich weggezogen) durch Änderungen in der Dosierung der Anfallsmedikamente, das Problem in den Griff zu bekommen. Bis jetzt leider ohne Erfolg. Zwar erfuhren wir, dass es häufig vorkommt, dass nach Jahren gleicher Medikation, die Wirkung nachlassen kann, obwohl es Jahre gewirkt hat, aber das ist auch kein Trost. So wie es jetzt aussieht, bleibt uns noch die Möglichkeit, ein neues Medikament, das aber sehr viele Nebenwirkungen hat, zu versuchen. Sollte das auch nicht klappen, dann kommt wahrscheinlich nur ein Aufenthalt in Bethel in Frage.

Bedingt durch die vielen Anfälle ist der Umgang mit Tobias wieder schwieriger geworden, da seine Verletzungsgefahr erheblich gestiegen ist. Außerdem ist er unruhiger {er bleibt nicht einmal während des Essens sitzen}, er ist reizbarer {er wirft sich oft auf den Boden} und er ist unkonzentrierter {er interessiert sich für fast gar nichts}.

Sehr geschickt im Umgang mit Tobias ist sein Bruder Daniel, obwohl er erst 11 Jahre alt ist. Nach meinem Mann und meiner Schwiegermutter wäre Daniel derjenige, auf den ich mich voll und ganz verlassen könnte. Manchmal am Wochenende, wenn Daniel uns eine Freude machen will, bereitet er das Frühstück vor, wickelt Tobias, zieht ihn an, richtet seine Medikamente her und erst dann weckt er uns! Ja, Daniel weiß, mit Tobias umzugehen!

Es überrascht mich immer wieder, mit wie viel Verständnis, mit wie viel Aufmerksamkeit und mit wie viel brüderlicher Liebe er Tobias begegnet, obwohl er gerade wegen ihm schon vieles einstecken musste. So liebevoll wie sich Tobias früher um Daniel gekümmert hat, so liebevoll kümmert sich Daniel jetzt um Tobias!

Mir kommt es vor, als wäre ich jetzt wieder irgendwo am Anfang, da wo ich vor acht Jahren schon einmal war, nur mit dem Unterschied, dass meine Nerven schon erheblich verbraucht sind. Ich habe keine Ahnung, wie lange ich es noch schaffe, für Tobias da zu sein, ich weiß nur, dass ich versuchen muss, es so lange wie möglich zu schaffen. Denn es gibt keine Einrichtung, die auf Dauer eine Aufsichtsperson für unser Kind alleine hat. Die Folge wäre, dass man Tobias mit Medikamente ruhigstellen würde.

Diesen Gedanken kann ich nicht ertragen!

Am 6. August 2003 wurde Tobias dreizehn Jahre alt. Ein angehender Teenager, der nur viereinhalb Jahre seiner Kindheit {wenn nicht seines Lebens} gesund erleben durfte.

Manchmal träume ich so vor mich hin und dann wünsche ich mir, dass Tobias wieder gesund wird und Franz und ich mit Tobias und Daniel ein ganz „normales“ Leben führen können.

Sollte dies irgendwann der Fall sein, dann lasse ich es euch wissen, denn dann schreibe ich ein zweites Buch.

Ich weiß auch schon den Titel, es würde heißen:

„ Und e n d l i c h wird es Tag!“

Petra Pernpeintner